Béatrix Beck

Léon Morin, prêtre

Gallimard

Béatrix Beck est née le 30 juillet 1914, en Suisse, à Villars-sur-Ollon. Elle est la fille de Christian Beck, poète et écrivain wallon, d'origine lettone et italienne, et de Kathleen Spears, jeune femme lettrée anglo-irlandaise.

Béatrix, à l'âge de six mois, est séparée de son père. Il s'éteint à trente-sept ans, emporté par la tuberculose. L'enfant grandit à Paris et à Saint-Germain-en-Laye. Après le baccalauréat, Béatrix Beck étudie à Grenoble où elle obtient une licence de droit. Elle se destinait à devenir juge pour enfants.

La jeune femme rencontre aux Jeunesses communistes un étudiant juif et apatride : Naum Szapiro. Ils se marient en 1936. La même année, se côtoient la mort et la vie : naissance de la fille de Béatrix, Bernadette, et suicide de sa mère.

En 1940, Naum Szapiro meurt dans des circonstances mystérieuses. L'histoire se répète : Béatrix se retrouve, comme sa mère, seule pendant la guerre à élever sa fille. Elle connaît des jours difficiles. Elle devient ouvrière d'usine, modèle dans une école de dessin, employée dans une école par correspondance, femme de ménage...

Ses tribulations la conduisent en Belgique, en Angleterre. Lorsqu'elle revient en France, André Gide, en souvenir de son amitié pour Christian Beck, l'engage comme secrétaire de 1950 à 1951.

En 1955, après dix-huit années de démarches, Béatrix Beck obtient la naturalisation française. De 1966 à 1971, elle enseigne la littérature française en Californie, Virginie, Québec, Ontario

À l'âge de la retraite, Béatrix Beck se retire à la campagne, près de Gisors, et se consacre à son premier métier : l'écriture. Elle s'éteint comme dans un songe, dans la nuit du 29 au 30 novembre 2008, à Saint-Clair-sur-Epte.

Béatrix Beck crée son double littéraire, Barny, et déroule le fil de sa vie en cinq livres autobiographiques : *Barny, Une mort irrégulière, Léon Morin, prêtre, Des accommodements avec le ciel, Le muet*. L'auteur écrit dans *Le muet* (1963) : « Dieu ne m'a donné que moi, je suis mon seul cobaye. »

La parution de *Cou coupé court toujours* (Éditions Gallimard, 1967) marque pour l'auteur le début d'un renouveau. La langue se libère. Nathalie Sarraute écrit* : « Une véritable poésie se dégage de ses livres, une fantaisie toujours inattendue, une liberté dans l'imagination. Elle a une espèce de modestie qui est aussi de l'orgueil, légitime, et qui fait qu'elle se met peu en avant mais, de plus en plus, je crois qu'elle sera reconnue à la place qu'elle mérite. »

Léon Morin, prêtre, qui met en scène un prêtre, une jeune femme, la guerre, la foi, l'amour et la grâce, obtient le prix Goncourt en 1952. Il est adapté une première fois à l'écran par Jean-Pierre Melville en 1961 avec, dans les rôles phares, Jean-Paul Belmondo et Emmanuele Riva. Puis une deuxième fois en 2017, sous le titre *La Confession*, avec Romain Duris et Marine Vacth.

* Interview de Valérie Marin La Meslée (revue *Nord'*, décembre 1996).

CHAPITRE I

Il pouvait être huit heures du soir. Je revenais d'un village voisin, quand je fus frappée, en passant devant le parc municipal pourtant déjà fermé, d'y voir un groupe d'étranges jeunes hommes, qui s'accrochaient aux grilles pour mieux dévisager les passants. Ils étaient vêtus d'amples capes romantiques, d'amusants petits feutres surmontés d'une haute plume, et avaient l'air de dire :

Lancez-nous des cacahuètes.

Je me demandais ce que signifiait leur accoutrement. Soudain, m'apparut le mot de l'énigme : ces bizarres jouvenceaux étaient des comédiens routiers, à qui on avait permis de loger dans les bâtiments du parc. Tout en m'étonnant que, dans les circonstances où nous vivions, l'on songeât à nous distraire, je me réjouis à l'idée d'assister à des représentations théâtrales.

Le lendemain, j'appris que les troubadours de

la pénombre étaient des soldats italiens venus occuper notre ville.

On ne vit plus qu'eux. Ils se promenaient deux par deux, se tenant par la taille, ou en bandes, mangeant des cerises dont ils s'exerçaient à cracher les noyaux le plus loin possible. Ils traînaient des diables, « caretta da battaglione leggera », chargés de fruits et parfois de filles chantant.

Les lettres ne nous parvinrent plus que marquées du cachet :

Verificato per censura,

expression que nous nous plaisions à psalmodier d'un ton cocassement funèbre, sur le passage des occupants. La langue de nos voisins nous faisait l'effet d'une caricature de la nôtre.

Au bureau, nous fûmes un matin interrompues dans notre travail par une musique d'opérette. Courant aux fenêtres, qui donnaient sur la rue à hauteur d'appui, nous vîmes s'avancer un bataillon. Derrière leur sémillante fanfare, les soldats, qui semblaient des figurants de quelque cortège folklorique, défilaient d'un air folâtre. Nous nous tordions. Une jeune employée cria :

— Les plumes ! Les plumes !

Et elle ébouriffa au-dessus de sa tête un imaginaire panache.

Un des soldats tourna vers nous son beau visage, que la colère enflammait, et il porta la main à sa ceinture garnie de grenades. Effrayée, la jeune fille glissa de sa chaise et se recroquevilla sous la table, jusqu'à ce que nos vainqueurs aient disparu.

Christine Sangredin, la coursière, entra, mi-pleurant, mi-pouffant, et nous conta la scène à laquelle elle venait d'assister dans la rue : un enfant de cinq à six ans, sur le passage des troupes, les tournait en dérision, comme tout le monde. Un soldat lui lança une grenade. L'enfant, les yeux et la moitié du visage arrachés, avait succombé au bout de quelques minutes, « dans les bras de sa mère », précisait Christine avec une complaisance navrée. Ce qui rendait l'histoire comique, c'est que l'enfant était italien.

La presse nous informa que notre ville allait être occupée aussi par les Allemands. Le rire se tut.

— On leur fera de l'œil, comme ça on ne sera pas fusillés, plaisanta une dactylo en roulant la hanche.

— Vaut mieux être fusillées que de leur faire de l'œil, protesta une autre.

À l'aube, un martèlement d'une sauvagerie disciplinée, rythmant un chant profond, nous apprit l'arrivée de nos maîtres.

Les premiers temps, ils semblèrent vouloir nous séduire et nous intimider à la fois par l'étalage de leur force, leurs défilés continuels au son d'une musique bouleversante.

À l'égard de leurs alliés, ils affichaient le mépris, allant jusqu'à traverser la rue pour ne pas se trouver sur le même trottoir que les Italiens. Ceux-ci paraissaient se divertir fort des affronts qui leur étaient infligés.

Une nuit, je fus éveillée par une canonnade proche. Transportée de joie, je volai à la fenêtre. Mais je ne m'expliquais pas comment une bataille avait pu éclater au cœur de la ville occupée. Les Allemands tiraient-ils sur la population ?

Le lendemain, l'on apprit que c'était entre les deux alliés qu'avait eu lieu le combat, les Italiens refusant de se soumettre au commandement allemand. Ils ne s'étaient rendus qu'après avoir épuisé leurs munitions. Nous ne revîmes plus les baladins à plumes. Les Allemands procédèrent à des désinfections spectaculaires des locaux qui avaient été occupés par les « macaronis ».

Les Allemands mirent en circulation des fac-similés de billets de banque, portant l'inscription :

L'argent n'a pas d'odeur, mais le Juif en a une.

Les uns tournaient et retournaient ces papiers d'un air déconcerté ou amusé. Les autres les roulaient en boule et les jetaient avec dégoût. Le garçon de bureau, qui était sourd, éclata de son rire blanc et, saisissant un des billets, fit le geste de s'en torcher.

La gare des tramways fut placardée de hideux visages, aux becs de rapaces, surmontant les mots :
« Regardez bien autour de vous, et vous pourrez

constater que le tram de 12 h 15 de T. est rempli de Juifs. »

Examinant ces caricatures, je vis en surimpression le visage de Vim et me dis :

« Tu as tout de même eu raison de mourir, cher Ivanotchka Douratchok. »

Je m'étonnais que le fait de prendre tel tram pût constituer contre les Juifs un grief. Mais cette forme de propagande réussit. Ceux pour qui le mot « juifs » n'avait eu jusqu'alors qu'un sens confus, teinté de grivoiserie à cause de la circoncision, commencèrent à se méfier de ces gens qu'ils découvraient n'être plus leurs compatriotes. L'antisémitisme français restait cependant compatissant :

— Qu'on leur prenne ce qu'ils ont et qu'on les mettent dans des camps, disaient mes collègues. Mais qu'on ne les tue pas.

Nous reçûmes de la Kommandantur l'ordre de supprimer de nos cours tout ce qui avait trait à des auteurs juifs, notamment, en classe de philosophie, à Bergson. Les livres d'histoire de Malet et Isaac durent être remplacés par d'autres. Une de nos anthologies fut également interdite, car elle contenait un passage de Heine.

Les déportations commencèrent. Les Allemands s'arrêtaient devant les vitrines, qui leur servaient de miroirs : dès qu'ils voyaient jaillir la fusée-signal, ils se retournaient, encerclaient les passants et les chargeaient dans des camions. Aussi ne se risqua-t-on plus hors de chez soi que pour les sorties indispensables.

Danièle Holdenberg, d'origine alsacienne, fut convoquée à la Kommandantur, où on lui demanda si elle n'était pas juive. Elle assura que non, mais en revenant nous questionna :

— Comment est-ce qu'on fait pour savoir qu'on n'est pas juif ?

— C'est quand on n'est pas baptisé.

— Mais les protestants non plus, ils ne sont pas baptisés.

— Juif, c'est quand on n'a pas de nationalité.

— Ils ne sont pas de race française.

— Il n'y a pas de race française.

— Oh ! bien, crotte alors, qu'est-ce qu'il vous faut ! Avec tous nos inventeurs, nos savants.

— Quand la France a parlé, le monde n'a qu'à écouter.

Trois de nos collaborateurs, juifs, s'enfuirent sur la côte. Le soir de son départ, le vieux professeur de grec, M. Edelman, vint nous informer qu'il était devenu Georges Mauchamp. Il semblait réellement un autre homme. Rasé de frais, habillé de neuf, rajeuni de dix ans, il tenait du bout des doigts une très petite valise. Dans ses yeux gris, naguère tristes, brillait maintenant la fièvre de l'aventure.

J'aimais Sabine Lévy, la secrétaire de direction. Elle me faisait penser à ces éphèbes de l'Écriture, les reins ceints, maniant le bâton du voyageur, l'épée de feu ou la verge, et qui étaient des anges. Elle ressemblait aussi à une amazone, à Pallas, à un samouraï. À sa vue, je parcourais le temps et l'espace. « Oui, le commandement appartient aux beaux », me répétais-je en la regardant. Elle était grande ; quand elle venait se pencher sur mon travail, je me sentais à l'ombre d'un palmier. Effleurée par ses étroites mains blanches, rapides, que ponctuait l'éclair des ongles, respirant son parfum capiteux, j'entrais presque en transe. Sa voix harmonieuse et froide, son brillant sourire sans bonté, ses regards pénétrants, son extrême sensibilité de perception, qui la faisait paraître douée de sens plus nombreux que n'en possèdent les humains ordinaires, la diversité de son intelligence, aussi magistrale en mécanique qu'en philosophie ou en musique — tout en elle me transportait. J'éprouvais un plaisir perçant à croiser avec le sien le fer de mon regard jusqu'à ce que, n'en pouvant plus, je dusse baisser les yeux, savourant sa victoire.

Elle s'appuya une fois à ma table, m'emprisonnant entre ses deux bras nus. Je me sentis annexée à elle par un lien plus fort que l'accouplement.

La nuit, je rêvais de Sabine : elle était ma maîtresse (d'école), j'étais redevenue une enfant, j'écrivais sous sa dictée des vers qui me semblaient admirables et dont, au réveil, je cherchais vainement à me souvenir.

Ou bien, je la poursuivais à travers des parcs, par des escaliers de marbre rose ou rouge.

Quand Betty Sinant, descendant en ville, logeait chez moi, je lui faisais, pendant une partie de la nuit, des éloges si enflammés de Sabine, qu'elle finit par me demander :

— En somme, tu voudrais coucher avec elle ?

Je me récriai d'horreur. Deux lesbiennes m'apparaissaient physiologiquement incapables de faire le vrai amour, de faire rien qui valût, rien d'autre que simagrées. J'abominais les expédients. Si Sabine me fascinait, c'est d'ailleurs qu'elle ressemblait à un jeune homme, mais doué de charmes singuliers, d'une virilité délicatement féminisée. J'avais la nostalgie d'un âge d'or, où il n'y eût ni hommes, ni femmes, mais des êtres complets, comme il me semblait être moi-même — platoniquement.

Il en était de mon amour comme de mes rêves nocturnes, auxquels je ne parvenais jamais à découvrir un début. Les rêves m'advenaient tout commencés. De même, malgré d'insistantes investigations dans le passé, je ne réussissais pas à trouver le moment où mon impersonnelle admiration pour Sabine s'était changée en flammes.

C'étaient précisément les points capitaux de ma vie qui se tenaient hors de ma portée : ainsi, j'ignorais comment, enfant, j'avais appris l'existence de rapports entre l'homme et la femme. Ma vie était arrivée à un autre, à un étranger prudent et conformiste, qui opposait à mes questions une fin de non-recevoir.

Après avoir été possédée par un homme (combien hypocrite la convention voulant que le verbe « posséder » soit employé à sens unique ! De même de l'expression « se donner », les femmes ayant réussi à faire passer la satisfaction de leur désir pour un sacrifice et une offrande. En fait, l'homme, prodiguant sa sève, se donne ; la femme prend et reçoit), je m'étonnais de vivre à nouveau, à vingt-cinq ans, une passion de collège, à la fois païenne et quasi mystique.

Quand, à l'âge ingrat, je me consumais pour Angèle Daréï, puis pour Marie-Dominique, le désir de leur plaire ne m'effleurait pas. Je m'anéantissais en face d'elles, et n'aurais pas songé à parer le néant. Depuis j'avais appris à me voir, à me souvenir de moi. Mes vêtements de deuil me pesèrent, déplaisants qu'ils devaient être à Sabine, si gaiement parée, semblable à un bon paon-de-jour. Avec un sentiment de sacrilège, je mis un grand col blanc à ma robe de veuve.

Les rafles se multipliant, Sabine se cacha aux environs, mais revint de temps en temps régler les questions principales. Un après-midi qu'elle était là, deux officiers allemands, passant devant nos fenêtres, s'arrêtèrent, examinèrent la pièce en échangeant quelques mots et comme décidés à entrer, mais poursuivirent leur chemin.

Verdi par la terreur, le visage de Sabine s'était

décomposé. Dès que les Allemands se furent éloignés, elle courut à la salle de bains, d'où nous entendîmes un bruit de chasse d'eau. C'en fut fait de ma passion. En vain me disais-je que la peur de Sabine était justifiée, même touchante. Je ne pouvais l'aimer que bravant mort et supplices. La colique de mon idole fut une de mes pires déceptions.

J'entrai dans un cycle de rêves hideux : le visage altier de Sabine s'approchait, s'approchait comme un avion qui allait atterrir. Ses lèvres allaient toucher mes lèvres altérées, quand soudain sa face tombait en putréfaction sur la mienne.

Ou bien elle déféquait devant nous. Ou encore, la diarrhée souillait sa robe, sans qu'elle en parût affectée. Quelqu'un disait : Il vaudrait mieux qu'on la tue.

Une nuit, je fus seule sur la terre, dans l'obscurité, avec une voix de stentor au ciel, qui répétait :
« Lâche. Lâche. Lâche. »

J'essayais de fuir, sachant que cette voix allait tomber sur moi comme une bombe.

Je rêvai aussi que ma fille disparaissait dans une trappe, qu'elle et moi essayions de nous raccrocher à un rocher glissant, battu par une mer furieuse.

Le sommeil me devint pénitence.

Un matin, comme je me penchais à la fenêtre, tout chancela. Je fus prise dans un nuage noir, les narines excitées par une odeur de poudre. Des cris, des dégringolades retentirent dans l'escalier. Je me précipitai pour fuir avec les autres, mais ma porte était bloquée. Me hissant jusqu'au vasistas, je criai : « Aidez-moi à sortir. Enfoncez la porte. » Aucun des fuyards ne prit le temps de m'entendre. Seule une femme me jeta un regard, mais aveugle, et sans ralentir sa plongée. « Ils vont me laisser mourir ici », me dis-je, mais sans le croire. Du moment que je ne pouvais fuir, c'est qu'il n'y avait aucun inconvénient pour moi à rester.

Je fus délivrée dans la soirée par un serrurier, accompagné du propriétaire.

L'explosif, de ceux que nous surnommions « bombinettes », avait été glissé sous le paillasson de mon voisin de palier, collaborateur, au moment précis où il disait à sa femme :

« Nous devrions déménager ; ici, il y a trop de risques. »

Son appartement béait maintenant sur la cage de l'escalier. D'un seul coup d'œil, on pouvait en admirer toutes les pièces, comme dans une maison de poupée.

Un milicien, enlevé par le maquis, fut fusillé dans les bois. Ses parents, cafetiers, baissèrent le rideau de fer, sur lequel ils apposèrent l'information :

Fermé pour cause d'assassinat.

La nuit, les tueurs facétieux remplacèrent cette inscription par une autre :

Fermé pour cause d'abattage clandestin.

Le curé de Saint-Mesmin, qui faisait des sermons pro-allemands, reçut par la poste un petit cercueil en carton.

Un après-midi, une bande de jeunes gens firent irruption dans notre bureau. L'un d'eux braqua sur nous, en souriant, un revolver, et nous recommanda de ne pas avoir peur.

— Oh ! mais je vous reconnais, s'écria l'une d'entre nous, les yeux pétillants d'amusement. Vous êtes le fils...

— Chut ! interrompit le maquisard. On vient enlever vos machines. Si vous voulez bien passer dans la salle à côté, nous allons vous enfermer, mais ça ne sera pas long.

Parquées dans la salle de bains, nous entendions les F.F.I. s'interpeller par des numéros. Ils ouvrirent notre porte. Le chef s'excusa de devoir prendre nos noms et nos adresses : si ses hommes étaient arrêtés, nous en répondions sur notre vie. Il disait : « mes hommes » d'un ton de volupté contenue.

Quand ce fut au tour de Sabine de décliner

son identité, elle dit d'un ton assuré : « Villaret Hélène », et donna une fausse adresse.

Pensant qu'elle craignait que la liste ne tombât aux mains des Allemands, je résolus de ne pas dire non plus mon nom juif. Pour quelques secondes, je devins Madeleine Antonin, demeurant 3, impasse Saint-Sauveur.

Les maquisards nous distribuèrent des tickets de ravitaillement, accompagnés de paroles encourageantes sur notre prochaine délivrance. La scène se déroulait comme une représentation théâtrale d'une mise au point très poussée, où chaque acteur aurait possédé son rôle à la perfection, mais joué sans naturel.

Après nous avoir fait promettre de ne téléphoner à la police que vingt minutes après leur départ et de déclarer qu'ils étaient masqués, nos visiteurs s'en allèrent, emportant dans un diable les deux duplicateurs et les deux machines à écrire.

Souvent circulait l'auto de la préfecture, surmontée du haut-parleur ordonnant le couvre-feu :

— Faut bien qu'on rentre chez nous pour que les haricots verts puissent enterrer leurs morts, disait-on avec satisfaction.

Le lendemain de ces funérailles discrètes, les salves au Champ-de-Foire nous apprenaient que les Allemands fusillaient des otages : quinze pour un officier, dix pour un simple soldat.

Christine Sangredin se déclarait ravie de ces exécutions :

— C'est tous des communistes et des Juifs, disait-elle. Bon débarras.

Avec l'assentiment du patron, elle accrocha dans notre bureau le portrait de Pétain. Le visage du Maréchal nous servit d'essuie-plumes.

CHAPITRE II

Anton Silmann, collègue de Chaïm, et sa femme Minna arrivèrent chez moi avec leur fils de trois ans, et deux valises : la Gestapo était venue chez eux pour les arrêter. Force me fut de les héberger. Anton me proposa de coucher avec lui, et sa femme, dans mon lit. Je refusai. L'idée de dormir contre ce couple gras me répugnait. Je m'étendis avec des couvertures sur le carrelage de la cuisine.

Dimitri, joli et pâle, ressemblait à un brin de muguet. Malgré nos menaces, il faisait du bruit. Je tremblais qu'on ne l'entendît.

Les Silmann avaient des vivres. Avec un émoi de voyageur, je contemplais ces bouches absorber de la charcuterie, des tartines, du chocolat. Minna m'expliqua :

— Nous sommes obligés de bien nous nourrir pour avoir de la force contre le danger.

Arriva l'époque du renouvellement des tickets d'alimentation. Les Silmann s'étaient mis dans l'illégalité en ne faisant apposer sur leurs papiers ni le « J » des Juifs, ni le visa des étrangers. Par crainte de la déportation, ils avaient perdu le droit aux feuilles de vivres, indispensables pourtant. Nous discutâmes jusqu'à une heure du matin. En procédant conformément aux instructions d'Anton, je devais obtenir leurs tickets. C'était aussi simple que de tricher au jeu. J'acquiesçai, malgré ma peur.

Il fallait, à l'entrée du centre de distribution réservé aux étrangers, faire vérifier par un agent ses cartes d'alimentation et les cartes d'identité correspondantes. Je me dirigeai vers l'agent en le regardant fixement, comme un dompteur son fauve. À ma stupeur, il abandonna son poste en courant.

Magnétisée par ce prodige, j'entrai dans l'am-phithéâtre. Il importait de faire vite, avant que l'agent ne revînt. La hasardeuse prestidigitation conçue par Anton pourrait être évitée. Au lieu d'aller réglementairement attendre mon tour en haut de l'amphithéâtre, je me dirigeai, presque au pas de charge, vers les employés chargés de distri-buer les tickets. Je jetai sur leur table les trois car-tes de Silmann et la mienne. Des quelques centai-nes de personnes assises du haut en bas de l'amphithéâtre sur les bancs des étudiants, aucune ne protesta contre ce passe-droit que je m'oc-troyais. Une employée me servit avec empresse-ment, je laissai tomber un merci négligent et sortis aussi flegmatiquement que possible. Arrivée au bout du couloir, je me retournai juste à temps pour voir l'agent reprendre sa place à l'entrée de l'amphithéâtre.

— Je vous préviens que si ça continue, je vais croire en Dieu, dis-je aux Silmann en leur donnant leurs feuilles de tickets.

— Jamais je n'ai cessé un instant d'y croire, répondit Minna avec émotion.

Paroles qui ne laissèrent pas de m'étonner de la part d'une sympathisante communiste. Elle m'embrassa très fort, et Anton me donna un œuf et cinq noix.

Quand elle entendait des pas dans l'escalier, Minna piquait une crise de nerfs. Sa bouche se tordait et remontait vers une de ses pommettes, ses jambes flageolaient. Les yeux révulsés, elle battait l'air de ses bras en haletant :

— Non ! non !

Dimitri commença à imiter sa mère, tremblant et sanglotant convulsivement. Ne pouvant plus supporter le spectacle de cet enfant terrifié, je serrai le poing contre le visage de Minna et lui dis entre les dents :

— Je vous interdis d'avoir peur. Ou je vous mets à la porte.

Ces bonnes paroles la calmèrent instantanément et plus jamais je ne la vis perdre son sang-froid.

Le soir, Anton me faisait rédiger, recommencer, remplir, signer, parapher un dossier de faux papiers. Il avait décidé d'être né à Saint-Quentin, d'avoir été baptisé, d'être célibataire. Sorcière, je le dotais, à coups de plume, d'un passé nouveau. Enfant, j'ambitionnais de fabriquer de la fausse monnaie pour ma mère. Maintenant, je pouvais, pour ce Juif, satisfaire ma vocation de faussaire. Je le gratifiais des références les plus flatteuses. Mais il soupirait :

— Vous n'avez pas une écriture directoriale. Vous avez une écriture d'enfant de Marie. Tordez un peu.

Vim m'avait dit :

— Je ne sais pas le yiddish, chez nous, on parlait toujours russe.

Incidemment, je rapportai ces propos à Anton, qui s'en montra stupéfait et indigné :

— Vim savait parfaitement le yiddish ! J'ai souvent parlé yiddish avec lui. C'était sa langue.

Je ne pus m'expliquer ce mensonge de Chaïm que par son horreur du particularisme et son désir qu'il n'y eût plus ni langue juive, ni Juifs.

Quand Minna s'était trouvée enceinte, elle et son mari, fort pauvres, avaient pensé à l'avortement comme à la seule issue.

— Je boirais de l'eau de Javel, plutôt que d'avoir un enfant, disait Minna.

Chaque jour, à l'Institut Electrotechnique, Anton parlait à Chaïm d'« abort ». Cette solution, pourtant banale, m'apparaissait inacceptable. On peut envisager avec sérénité l'assassinat d'un médiocre. Mais s'il s'agit de l'inconnu à naître, prince de tous les possibles, le risque devient effrayant. Je faisais défiler devant Chaïm accidents mortels et condamnations, afin qu'à son tour il influençât son camarade.

Dimitri vint au monde, un peu grâce à moi, me flattais-je, et je l'aimai. Aussi m'engoissais-je en voyant se multiplier les enlèvements à domicile. Je persuadai les Silmann de se séparer de leur fils jusqu'à ce que le danger eût diminué. Les cultivateurs chez qui j'avais placé ma fille consentirent à prendre également Dimitri.

Minna me dit, de Betty Sinant :

— Elle est chrétienne, il faut en profiter.

Et nous lui fîmes jurer sur sa bible que, si nous étions arrêtés, elle veillerait sur les deux enfants, dont le maquis payerait la pension. Si elle avait un moyen de communiquer avec nous, elle nous donnerait des nouvelles du chien (Dimitri) et du chat (France, ma fille).

Un dimanche, j'emmenai Dimitri à califourchon sur le porte-bagages de ma bicyclette. « Pourvu qu'on ne le baptise pas », dit Minna d'un air torturé. Elle semblait redouter ce sacrement plus que la mort.

Tout en pédalant, je racontais des histoires au petit garçon et j'étais en train de lui décrire des colibris, quand j'aperçus un rideau de soldats allemands qui barraient la route. Un gamin à bicyclette nous croisa et me jeta :

— Ils demandent les papiers.

Dimitri était circoncis, je m'appelais Aronovitch. Cette double pensée fit passer devant mes yeux une buée d'effroi. Je tombai plutôt que je ne sautai à terre, je posai Dimitri sur ses pieds et me mis à pousser la bicyclette dans le pré qui longeait la route.

— Que tu fais ? demanda l'enfant avec inquiétude.

— Nous allons retrouver France par les champs, ce sera bien plus joli, répondis-je d'une voix que je voulais rassurante. Nous allons traverser le beau petit bois, là-bas.

Les Allemands, voyant que je m'engageais à travers champs avec ma bicyclette, si incommode à pousser dans les mottes, allaient certainement comprendre que je ne voulais pas montrer mes papiers.

— On va ramasser de l'herbe pour les lapins, annonçai-je à Dimitri.

Et, tout en m'éloignant des Allemands, je me penchais et arrachais des plantes au hasard, que je fourrais dans les sacoches de ma bicyclette. L'enfant circoncis m'aidait à récolter la pitance des lapins imaginaires.

Nous arrivâmes au soir, ayant fait un détour de plusieurs heures. France, après avoir à peine dit bonjour à Dimitri, se comporta comme s'il n'existait pas. Je la pris à part et lui demandai pourquoi elle était si peu gentille avec son nouveau compagnon.

— Mais tu sais bien que mon bon ami, c'est Titi Serpolet, répondit-elle d'un ton de dignité offensée. Il garde cinq vaches, ajouta-t-elle fièrement.

Le dimanche suivant, la paysanne me dit avec dégoût, de Dimitri :

— C'est pas pour vivre, un petit malheureux comme ça : il a les parties toutes choses.

Au bout d'un mois, Mme Lathuile ne voulut plus entendre parler de garder Dimitri : il lui claquerait entre les doigts. Je me demandais où cacher l'enfant. Sa mère, ménagère pusillanime et bornée, eut un éclair de géniale audace. Il existait en banlieue un collège patronné par Philippe Henriot. Minna y plaça son fils, muni d'un extrait de baptême et de tous les certificats exigés, faux et parfaits.

— Ce n'est pas là qu'ils viendront le chercher ! fit-elle avec un rire déchirant.

— Vous êtes très forte, lui dis-je.

— Je suis juive ! clama-t-elle triomphalement.

Son masque bouffi et mesquin semblait se dissiper, laissant apparaître la face enflammée d'une prophétesse :

— Les royaumes passent, les Juifs restent, dit-elle. Personne ne peut rien contre nous.

Pierre Bernhardt, originaire de la même ville que Chaïm, mais naturalisé français, prit le maquis. Lucienne, sa femme, cacha un autre Juif, Simon Weiss. Par convenance, elle me demanda de venir dormir chaque nuit chez elle.

Simon me paraissait affreux, les oreilles décollées, un museau de rat. Mais sa gaieté, son énergie, son amour pour ses deux frères l'eurent vite transformé à mes yeux. Il devint beau comme une lanière de cuir. Lucienne aussi éprouvait pour son hôte une vive attraction. Dans le lit conjugal que je partageais avec elle, la jeune femme, se collant à moi comme un petit serpent, dit :

— N'est-ce pas que ce serait délicieux de faire l'amour avec Simon ?

— Oh ! oui, m'écriai-je.

Lucienne dit aussi :

— J'aime quand vous êtes là, Barny. Ça me fait comme s'il y avait un soldat de la libération.

Quand on entendait un bruit, elle se levait, dans sa chemise de nuit de linon rose, décrochait du mur le fusil de chasse de son mari et, se penchant à la fenêtre, au-dessus du jardin baigné de lune, prévenait :

— Si on vient me voler mes prunes, je tire.

Lucienne me décrivait ses toilettes et ses amoureux passés. Un dentiste lui avait fait cadeau d'un bracelet en dents d'or. Un quincaillier aurait voulu l'épouser, mais il avait des poils sur les doigts.

Le soir, au lit, les Bernhardt se plaisaient à calculer la valeur de leur mobilier.

Pendant que Pierre, après avoir consulté le calendrier, usait de ses droits, Lucienne s'ennuyait tellement qu'elle comptait les fleurs de la tapisserie.

Les Allemands mirent à prix quelques têtes, deux cent mille francs chacune.

— Vous les livreriez, vous ? demanda Lucienne.

Interdite, je la regardai et répondis :

— Puisque vous posez la question, c'est que vous le feriez ?

— Non, je crois pas. Oh ! non. Pas pour deux cent mille francs, en tout cas. Ça porte pas bonheur. Ou alors, il faudrait que je sois vraiment fauchée.

Un soir, trouvant Lucienne pleurant sur un volume ouvert, je m'approchai pour voir quel roman l'émouvait à ce point : c'était un livre de cuisine.

Au bureau, l'on me dit :

— Il paraît que vous cachez des Juifs ?

Je m'esclaffai : je n'étais tout de même pas encore folle à ce point-là ! Comme si la vie n'était pas assez compliquée.

Je n'avais presque pas besoin de me forcer pour rire, tant était burlesque l'idée des Silmann réduits à se réfugier chez une Aronovitch. Le jeu était même plus risible encore que ne le supposaient mes camarades : tandis que les Silmann se cachaient chez moi, je découchais chez Lucienne Bernhardt, qui cachait Simon Weiss, et dont le mari se cachait dans les bois.

C'était ma concierge qui, ayant entendu des voix chez moi, en avait parlé à sa belle-sœur, laveuse chez une de mes collègues. Il me fallait me débarrasser de mes hôtes. Betty Sinant avait une amie, Mireille. Mireille était la maîtresse d'un trafiquant du marché noir, Hector. Hector possédait un pied-à-terre en ville. Actuellement, il voyageait en Normandie. Chaque fois qu'il partait, il laissait la clé dans un café (lequel ?) pour Mireille. Après le bureau, je courus à la poste téléphoner à Betty :

— J'ai besoin de la clé d'Hector. Mireille le sait. Cours lui demander. Elle ne peut pas refuser. Hector serait là, il me la donnerait tout de suite, je t'assure. Je ne peux pas t'expliquer au téléphone. Au nom du Christ, la clé. Tu as du cœur, pourtant. Tu auras des remords, tu ne verras jamais Dieu. Il n'y a aucun risque. Si tu refuses, je suis perdue, et toi aussi. Tu me connais depuis assez longtemps. Tu as envie d'être embarquée ? Et tu vas à l'Armée du Salut ! Tu sais, j'ai mon revolver là, dans mon sac. Si tu ne me dis pas où est la clé, je me fais sauter la cervelle dans la cabine, je te le jure sur mon honneur. Tu vas entendre le coup. Attendre ? il sera trop tard. Merci, Betty. Au revoir.

Je sortis de la cabine en nage, jubilante, mais déflorée de mon honneur, car je ne possédais pas de revolver.

Une heure plus tard, les Silmann s'installaient dans la coquette garçonnière d'Hector. Ils y coulèrent des heures tranquilles, mais, une nuit, Hector rentra et les mit à la rue. Ils arrivèrent derechef chez moi. Cette surprise-party ne me plut que médiocrement.

Simon Weiss avait passé en Suisse. Une chambre redevenait donc disponible chez Lucienne. Je décidai de lui refiler mes Juifs. Le lendemain, j'allai lui exposer ma requête. Elle répondit :

— Je les emmerde, les Silmann, vous pouvez leur dire de ma part. On va quand même pas se faire ramasser pour eux. C'est toujours eux, eux, eux. J'ai assez de dérangements avec Pierre au maquis. J'ai eu Simon, je crois que j'en ai assez fait. J'ai maigri de six kilos en un mois. Et si jamais il arrive quelque chose à Pierre il faudra bien que je me débrouille toute seule, avec une gosse en nourrice, moi.

— Je ne peux pas garder les Silmann, puisqu'on a été repérés. Ils n'ont pas d'autre endroit qu'ici. Vous ne risquez rien, à la campagne.

— Ça se peut, mais ils me font suer. Ils n'ont qu'à retourner chez eux.

— Ils seraient pris tout de suite.

— Qu'est-ce que vous voulez que ça me fasse ? Ça leur ferait les pieds. Ils n'avaient qu'à rester en Pologne.

— Lucienne, je vous jure sur la mémoire de mon mari et sur la tête de ma fille que si vous ne prenez pas les Silmann, je vous fais descendre par le tribunal auquel j'appartiens.

— Où est-ce que vous avez vu ça, Barny ? Au cinéma ? s'esclaffa Lucienne.

Mais je constatai avec joie qu'elle avait légèrement pâli.

— Au cinéma, et puis en réalité aussi, répliquai-je.

— Rien à faire, mon vieux, je les prends pas.

— *Requiescat in pace*, croassai-je en traçant un signe de croix sur la jeune femme.

— Sacrée Barny, va ! s'écria-t-elle avec un rire forcé. Je les prends, vos ostrogoths. C'était pour vous faire marcher.

— Bon, je vous les envoie tout de suite.

Et je partis précipitamment pour ne pas laisser à Lucienne le temps de se raviser. Avant que je n'aie atteint le portillon du jardin, elle m'avait rejointe en courant et me glissait dans la main,

34

d'un air mystérieux, un petit paquet enveloppé de papier blanc. C'était un merveilleux morceau de lard. Tout en pédalant, je le portai voracement à la bouche. Avec délice, j'y enfonçai les dents jusqu'aux gencives, en me demandant si c'était à ma puérile invention de tribunal que je devais cette aubaine.

Le lard m'inspirait, m'emplissait de lyrisme. Ma bicyclette devint étoile filante. Plus rien ne me retenait à la terre, ne me limitait. La mort était fictive. D'un éclat de rire, je franchis les trois étages qui me séparaient des Silmann et leur annonçai :

— Lucienne vous attend à bras ouverts. Allez-y vite.

Quand Anton et Minna furent sur le point de partir, je leur déclarai d'un ton grandiloquent :

— Vous me faites horreur. Pourtant, je donnerais ma vie pour vous.

Ils se regardèrent.

Pierre, qui se risquait de temps en temps chez lui, me proposa de lui céder l'appareil photographique de Chaïm contre six kilos de vesces. J'acceptai avec enthousiasme. Pendant quelques jours, je m'empiffrai de vesces, le matin, à midi, et le soir.

Quand le sac fut vide, je me demandai quelle

relique, je pourrais troquer encore contre de la nourriture. Betty s'était donnée à un officier italien pour du riz. Je l'enviais ; mais moi, j'étais invendable, inaliénable.

Un soir, dans le placard, je crus voir un morceau de pain. J'avançai la main pour le prendre. Mais c'était une applique de bois.

On mit en vente des pois de semence, dits « dénaturés » et « impropres à la consommation ». N'y tenant plus, j'en achetai. Loin de m'empoisonner, comme je le craignais, ils me sauvèrent.

Il était difficile de se procurer sa ration journalière de pain. Les boulangeries ouvraient tard le matin, et fermaient tôt le soir. On devait faire la file à midi, parfois pour rien, lorsque la fournée était épuisée avant que tout le monde fût servi. On courait d'une boulangerie à l'autre. Dès que j'avais dans la main ma tranche de cent cinquante grammes de matière collante et brunâtre, je la mangeais, incapable d'attendre.

Une fois, adossée au mur de la boulangerie, les pieds dans la neige fondue, je m'endormis debout. Ce n'est qu'en m'éveillant que je sus que j'avais dormi. Je bénis ce sommeil vertical, qui m'avait soustraite un moment au froid et à la faim.

Je connaissais toutes les boulangeries du quartier, ayant fait la file devant chacune. Nous discutions de leurs mérites respectifs : dans celle-ci, l'on donnait meilleur poids ; dans celle-là, le pain était plus clair.

Un jour, je fus servie par une très vieille femme qui, sans doute retombée en enfance, me donna un pain entier. M'efforçant de dissimuler ma joie, je me hâtai hors de la boulangerie, serrant contre moi le pain chaud comme un petit enfant. Je courus à la maison ; j'avais peur que, s'apercevant de l'erreur, on ne me poursuivît pour m'enlever ma merveille.

Je m'enfermai à clé et mangeai la flûte tout entière. Je ne pouvais pas m'arrêter, en garder pour le soir, pour le lendemain. Je me sentis, après ce festin de pain, bien réconfortée.

Je retournai à la même boulangerie, dans l'espoir que l'erreur se renouvellerait. Mais je n'eus plus cette chance, et je ne revis jamais non plus la vieille fée au pain entier.

Pour obtenir le renouvellement de ma carte d'identité, je dus faire la file de huit heures du matin à trois heures de l'après-midi. J'arrivai au bureau à jeun. Le patron me dit :

— Allez chez vous, allez vous restaurer, vous reviendrez après.

— Non, merci, monsieur, ce n'est pas la peine.

— Si, si, vous ne pouvez pas rester comme ça, sans manger. Allez vous sustenter.

— Il n'y a rien à la maison, dis-je en riant.

— Allez, allez prendre quelque chose, insista le patron sans paraître me comprendre.

Je n'osai résister davantage et retournai chez moi. Je m'attablai devant le *Journal* d'Amiel et lus pendant un quart d'heure, le temps qu'aurait duré un repas.

Jovial, le patron demanda :

— Eh bien, vous avez pris quelque chose ?

— Oui, j'ai lu, répondis-je.

— Parfait, dit-il.

Je rencontrai mon ancienne logeuse. Elle m'accosta :

— Vous ne savez pas ? Paraît que les Bernhardt sont des Juifs. On n'aurait pas dit à les voir, hein ? Ils avaient l'air bien et tout. Pensez que je les ai eus locataires chez moi pendant trois ans. Ce que ça peut tromper son monde, hein ? C'est qu'il faut pas s'amuser à être juif, au jour d'aujourd'hui, ils nous ont assez fait faire la guerre, il est temps qu'ils paient à leur tour.

— Les Bernhardt ne sont pas juifs, qui est-ce qui vous a raconté cette blague-là ? Ils sont aryens cent pour cent, protestai-je d'un ton indigné.

Les Bernhardt offrirent aux Silmann un succulent repas, au cours duquel ils leur demandèrent de vider les lieux. Le directeur d'Anton mit à sa disposition une cachette : un réduit, dans sa cour, où on ne pouvait se tenir ni debout, ni assis. Couché sur une litière, Anton y lisait des ouvrages techniques.

Minna paracheva son œuvre en entrant comme surveillante dans le collège vichyste où elle avait placé son fils.

— En entendant à la chapelle leurs prières contre nous, où ils disent « perfides Juifs », je crois m'évanouir de douleur, fit-elle. Mais personne ne peut le voir.

Au bureau, une employée me raconta, avec une compassion anticipée, qu'à une femme dans mon cas (aryenne, veuve de Juif), la Gestapo avait enlevé ses deux enfants.

Je regrettai mon passage à la mairie, mais me félicitai d'avoir, selon l'expression du pays, « célébré Pâques avant les Rameaux ». Je soutiendrais que France n'était pas de son père. Je lui inventai un procréateur aryen : l'ex-étudiant Marcel Hervet, à qui elle ressemblait un peu, qui m'avait quelquefois raccompagnée à la Faculté, et n'aurait pas le cœur de me contredire.

J'entendis des coups de feu au croisement des deux rues que je devais traverser. L'endroit semblait devenu parfaitement désert, et silencieux — sauf le crépitement de la fusillade. Je m'aplatis un instant contre le mur, mais l'idée d'arriver en retard au travail m'effrayait, et je m'élançai sur la chaussée. Une balle m'effleura la joue, émotion inconnue jusqu'alors et qui pourtant ne me sembla pas nouvelle. Je bondis sur le trottoir. Un cordonnier ouvrit violemment le volet de son échoppe et cria : « Garez-vous ! Pas le moment de faire le mariole. Faut être couillon, quand même. Vous avez envie de vous faire démolir ? »

Mon cœur se dilata de reconnaissance pour cet inconnu, qui souhaitait que je vive.

Quelques jours plus tard, je vis un attroupement autour d'un ouvrier étendu sur la chaussée. Il était grand, athlétique, le teint très coloré. Ses bleus paraissaient aussi neufs que s'ils sortaient du magasin. Il ne faisait pas un mouvement et fixait sur moi de tranquilles yeux verts, semblables à l'eau des piscines. Sans doute, blessé ou malade, ne pouvait-il bouger.

Il ne me quittait pas des yeux, reposant sans gêne aucune son attention sur moi. Visiblement, je lui plaisais. Je lui rendais son regard, goûtant la calme fraîcheur du sien. Une expression qui jusqu'alors m'avait paru vile : « faire de l'œil », prit pour moi un sens admirable.

Je m'étonnais que l'on ne fît rien pour ce blessé, et demandai à haute voix :

— Qu'est-ce qu'on attend pour chercher un médecin ?

— Voyez pas ? répondit un de mes voisins en désignant l'ouvrier de l'épaule.

Alors seulement, je me rendis compte que si l'homme me dévisageait avec tant d'insistance, c'est qu'il était mort.

Des agents arrivèrent, et tout le monde se dispersa.

La nuit, je rêvai que je me penchais au-dessus du cadavre étendu sur l'asphalte. Je m'apercevais qu'il n'était autre que Sabine.

Je m'apprêtais à traverser un passage à niveau, quand un soldat allemand, que je n'avais pas vu, m'arrêta d'un cri guttural, courut vers moi, me saisit par le poignet et m'entraîna.

« Le maquis s'occupera de France », me rassurai-je.

Le soldat ne paraissait pas plus de dix-sept ans. Son visage rose était empreint d'une sévérité enfantine. L'étau de ses doigts me meurtrissait. Nous suivions un sentier entre la voie ferrée et une haie d'aubépines. De ma main libre, je cueillis une branchette fleurie, par nargue, mais aussi pour me sentir moins seule.

Nous arrivâmes à une place herbeuse, au mlieu de laquelle se dressait un poteau. « Le poteau d'exécution ! » me dis-je avec un serrement de cœur et en même temps un rien d'amusement pour l'aspect d'image d'Épinal de cette scène.

Nous nous dirigeâmes droit au poteau. Il portait un écriteau : *Verboten !* Le texte allemand était suivi d'une traduction française : interdiction de traverser la voie à certaines heures. L'enfant-soldat me lâcha le poignet et montra l'écriteau d'un geste grave. Je me mis à rire, ce qui lui fit froncer le sourcil. Notre petite promenade semblait terminée. Je m'éloignai à pas mesurés, mais, aussitôt hors de portée du regard, je courus, poussée par la joie. À bout de souffle, je finis par me jeter dans l'herbe, et posai mes lèvres sur mon poignet recouvré.

Une nuit, je fus projetée de mon lit par une violente secousse. Une vive clarté rose transfigurait la pièce. « Cette fois, ça y est », pensai-je, sans comprendre ce que j'entendais par là. De la rue, venaient des voix. Je courus au balcon. Il faisait plus clair qu'en plein midi. Des gens, comme moi en vêtements de nuit, s'interpellaient joyeusement de fenêtre à fenêtre : l'Arsenal sautait. Devant la chaîne de montagnes d'une blancheur extraordinaire, fusait un feu d'artifice géant. La terre lançait au ciel comètes, bouquets de sang, rosaces de feu, fouets, serpents d'éclairs, flambantes cornes d'abondance, paroxysme de lumière, dans une prodigalité d'apothéose.

Les deux hommes qui avaient fait sauter l'Arsenal s'y étaient introduits par l'égout. On ne retrouva pas trace de leurs corps.

Un soldat allemand courait vers une petite troupe de ses compagnons. À une certaine distance en arrière, un jeune civil courait plus vite encore. Il rejoignit le soldat et tous deux, côte à côte, à une allure de forcenés, atteignirent la troupe. Aussitôt, avec une rapidité et une précision d'automates, le soldat qui arrivait et un autre martelèrent de coups de poing redoublés le visage et la tête du civil. Il s'écroula. Toujours avec une célérité et une coordination de mouvements hallucinantes, deux autres soldats le relevèrent. Ils semblaient spécialisés dans chacun de leurs gestes. Tenant l'adolescent sous les aisselles, ils le portèrent verticalement, sans que ses pieds touchassent terre. Sa tête pendait sur sa poitrine. Je me demandai s'il était mort. Le peloton s'éloigna au pas cadencé.

Cette scène demeura pour moi ineffaçable et incompréhensible.

Sabine arriva au bureau méconnaissable, le visage marbré par les larmes, les cheveux liés en botte, la robe boutonnée de travers. Son frère avait été pris par la Gestapo, dans une maison de rendez-vous, disait-on. Sa mère et elle reçurent une lettre datée de Drancy, où il annonçait qu'on l'emmenait en Allemagne et terminait par les mots : « Vive la France. » On n'eut plus jamais de nouvelles de lui.

Sabine dirigeait les bureaux à l'accoutumée, mais parfois sa voix défaillait et de grandes larmes lui jaillissaient des yeux. Son visage se creusa, perdit presque toute sa beauté et, en quelques semaines, elle vieillit de plusieurs années. Elle nous parla de son frère enfant, de la manière dont il écorchait certains mots. Parfois, un sourire jouait sur ses lèvres, quand elle nous contait les espiègleries de Michel. J'éprouvais tant de compassion pour Sabine que je lui aurais pardonné, si seulement j'avais été capable de pardon.

CHAPITRE III

Un dimanche, France tacha ses souliers blancs et éclata en sanglots :

— On va me battre.

Elle voulut nettoyer ses souliers avec son mouchoir et demanda :

— Tu leur diras de pas me battre ?

Le dimanche suivant, ses souliers étaient teints en noir :

— C'est parce que papa est mort, m'expliqua-t-elle.

De Gilberte Lathuile, sanguine beauté de dix-neuf ans, France me confia, d'un air d'amusement effrayé :

— Elle met sa langue dans ma bouche.

Mme Lathuile prit en nourrice le nouveau-né d'un boucher et m'expliqua, en portant un mouchoir à ses yeux, qu'elle avait trop d'ouvrage pour garder France.

Je remmenai l'enfant. Ses oreilles se mirent à suppurer et elle entendit de plus en plus mal.

Par un bel après-midi dominical, les casernes sautèrent. Au vacarme des explosions, les passants affolés prirent leur course dans tous les sens. France continuait à marcher à petits pas à mes côtés et s'étonna :

— Pourquoi ils se sauvent, les gens ?

Je la poussai devant moi pour qu'elle ne pût pas voir le flot de larmes que je ne parvenais plus à retenir. « Faites que nous soyons toutes les deux tuées dans l'explosion », criai-je en moi-même. Ce qui ne m'empêcha pas d'entraîner rapidement ma géniture ver un abri.

France dut garder le lit, et rester seule pendant que j'étais au bureau.

— Des dames sont venues me voir, me racontait-elle le soir. Mme Robinson Crusoé et puis des dames qui avaient pas de noms.

— Peut-être des fées ?

— Oui, c'est ça, elles ont dit qu'elles étaient des fées à moi et des fées à toi. Elles vont m'apporter du fromage.

Le médecin délivra à France un billet d'admission à l'hôpital, afin qu'elle y fût trépanée. Pendant qu'avait lieu l'opération, à plusieurs lieues, j'accomplissais ma tâche de gratte-papier. Les coups des timbres sur les copies se répondaient comme dans la forêt de mon enfance les cognées des bûcherons. En moi et malgré moi, se répétait, incessante, une prière à demi-mot :

— Je t'en supplie. Je t'en supplie.

« Je t'en supplie qui ? Je t'en supplie quoi ? » interrogeais-je avec colère. Mais la prière continuait de plus belle, sans prendre le temps de me répondre. « Arrête, imbécile », ordonnai-je. « Je t'en supplie. Je t'en supplie. Je t'en supplie », poursuivait précipitamment l'obstinée.

France reposait, d'une pâleur nacrée et coiffée d'une tiare d'ouate qui la faisait ressembler à un Arabe.

— Je vais plus mourir ? murmura-t-elle avec un mélange d'inquiétude et d'optimisme.

Dans des lits voisins étaient couchées une femme et sa fille de sept ans. On leur amena, trônant sur un chariot, un garçon d'une dizaine d'années. Son visage brillait de plaisir, il regardait les malades autour de lui comme s'il eût été au spectacle. De loin, il commença à multiplier les gestes exubérants, les lancers de bras en l'air à l'adresse de sa mère et de sa sœur.

Quand le chariot fut rangé contre le lit de la femme, elle souleva précautionneusement la couverture étalée sur les jambes de son fils : la droite se terminait au ras de la cheville par un moignon emmailloté.

Il avait trouvé un paquet dans la rue et l'avait rapporté à la maison. Au moment où il en coupait

47

les ficelles, la trouvaille avait explosé. « Ça fait que nous voilà là tous les trois », conclut la mère sur un ton de résignation et d'excuse, où perçait une pointe d'amusement.

— Je ferai pas la guerre ! exultait le gamin en exhibant sa jambe mutilée, qu'il traitait de « poupée ». Je serai cordonnier !

On souriait à ce radieux avenir.

Au bout d'une demi-heure un infirmier venait chercher l'heureux enfant au pied coupé.

France apprit une chanson, dont le héros était un soldat condamné au peloton d'exécution pour avoir abattu son capitaine, séducteur de sa fiancée :

> *Au premier coup tiré,*
> *Mon capitaine est tombé.*
> *Adieu, chers camarades, adieu.*
> *Quand sur moi vous ferez feu,*
> *Conservez votre estime*
> *Pour la pauvre victime*
> *Qui paye de sa vie*
> *Un moment de folie.*

— C'est papa ? demanda-t-elle après avoir chanté.

Pierre et Lucienne Bernhardt, Jenny, sœur de Lucienne, son mari Émile Déshairs et moi complotions le tardif baptême de nos enfants. Il nous fallait une cérémonie à la cloche de bois, dans un quartier excentrique, sans publication dans aucun bulletin paroissial. Les extraits de baptême obtenus, il ne restait plus qu'à en maquiller la date. Le problème des parrains et marraines s'avéra complexe. Finalement, il fut décidé que Lucienne serait marraine de ma fille ; je serais marraine de la fille de Lucienne ; je serais marraine du benjamin Déshairs. Le père Déshairs serait parrain de la fille de Lucienne et de ma fille. Lucienne serait marraine de la fille Déshairs. La fille Déshairs et le fils Déshairs se passeraient de parrains. Nous prîmes note. (L'aîné des Déshairs avait quatorze ans. Sa mère croyait bien se souvenir qu'il avait dû être ondoyé. On réglerait son cas une autre fois. Trop était trop.)

Invoquant des « raisons de famille », j'obtins une dispense permettant à France d'être baptisée hors de sa paroisse. Je frémissais d'impatience qu'elle reçût son bulletin de sortie de l'hôpital pour la conduire aux fonts baptismaux et, de là, dans un village sûr.

L'après-midi où je vins reprendre possession de ma fille, l'infirmière jeta des regards surpris sur mes gants blancs et mon chapeau. Son étonnement augmenta encore en me voyant passer à France une robe brodée.

— Mais où est-ce que vous allez donc comme ça ? demanda-t-elle.

— Oh ! à une fête, répondis-je avec un rire gêné.

France en croupe, je pédalai chez Lucienne. On venait à peine de lui amener sa fille de la montagne et elle la baignait dans un bouquet d'eau si chaude que Jacqueline criait de douleur :

— Tais-toi ou j'appelle le marchand de peaux de lapins. Barny, aidez-moi, cirez-lui ses souliers.

— Où est la brosse ? Il n'y a pas de chiffon ?

— Tant pis, frottez avec le rideau, vite, il faut pas faire attendre le curé quand même. Pierre est déjà là-bas avec les autres. Où est l'eau de Cologne ?

Brillantinées, giflées, parfumées, menacées, gantées, les deux filles sont hissées sur les bicyclettes maternelles. Nous fonçons.

— Faudrait tout de même pas se fracasser le crâne, dit Lucienne. Tant qu'à faire, vaudrait mieux après qu'avant.

Le vieux curé plante un cierge dans la main de Bernhardt qui ne sait qu'en faire, essaye de se dérober. On ânonne le *Credo*. Nos enfants agenouillés reçoivent sur la langue le sel.

— C'est mauvais, souffle le plus jeune dès que le curé s'est éloigné.

— C'est la guerre, lui explique sa sœur.

50

— Vous êtes sûrs qu'il ne va pas sonner les cloches ? murmure Bernhardt inquiet.

De l'église obscure sortent à la lumière quatre
baptisés, par la grâce de Dieu et des Allemands.
Le maquisard embrasse sa femme et sa fille et
reprend le chemin des bois.

France demeura avec moi en attendant que
j'eusse trouvé pour elle une autre famille. Elle
allait à l'école, mais le jeudi, devait rester seule. Je
ne l'enfermais pas à clé, pour qu'elle pût s'échapper en cas de bombardement ou d'incendie. Elle
en profitait pour descendre jouer dans la rue,
malgré mes objurgations. Un jour, je la retrouvai
rayonnante. Elle se jeta sur moi en annonçant :

— Maintenant, je sais tout. On nous a dit tout,
j'ai tout compris.

— Tout quoi ?

— Tout. Maintenant, je sais qui c'est qui m'a
faite.

— Qui ?

— Dieu ! cria-t-elle triomphalement.

— Qui t'a dit ça ?

— Le monsieur.

— Quel monsieur ?

— M. l'abbé.

— Où ?

— Au catéchisme.

51

— Où ça, le catéchisme ?

— Dans l'église.

— Tu es allée dans l'église ?

— C'est pas moi, c'est Lucida Trivoli qui m'a emmenée.

Elle brandit un catéchisme illustré :

— Ils m'ont donné un livre.

— Au patronage, on leur donne un petit pain sans ticket, fit-elle avec envie.

Elle semblait au comble de l'exaltation.

— Maintenant, Dieu, je le connais, dit-elle.

— Tu ne l'as pas vu.

— On peut pas le voir, il a pas de corps, mais ça fait rien.

Lucienne Bernhardt me fit connaître Mlles Reine et Aimée Plantain, deux vieilles filles retirées à la campagne, et désireuses de prendre un enfant en pension.

Reine me conta que, quand elle était jeune, quelqu'un avait dit, tant ses cheveux étaient beaux :

— C'est malheureux, des cheveux comme ça pour une fille d'ouvrier.

La mère de son amoureux avait empêché le mariage à cause de la différence des conditions :

— Il a été emporté par la grippe espagnole ; ça fait qu'elle l'a pas eu non plus.

Reine et Aimée étaient d'une famille de dix enfants. Leur mère, nommée Gracieuse, avait abjuré le catholicisme pour épouser leur père, protestant. Le jour du mariage, on avait emmené la vieille mère de Gracieuse au temple en lui faisant croire que c'était une église. Quand elle avait compris, elle s'était évanouie.

Les deux Plantain enseignèrent à la petite Aronovitch que Notre-Seigneur, crucifié par les Juifs, les avait maudits et que ces méchants expiaient, maintenant.

— Je les déteste, les Juifs, disait France avec passion. Ils ont fait mourir le petit Jésus. Faut les tuer.

Elle s'intéressait vivement à la crucifixion :

— On ne lui a pas mis de clou dans le nombril ? demanda-t-elle d'un ton de regret.

À mon grand effroi, les Allemands vinrent manœuvrer dans les prairies qui s'étendaient derrière la maison des Plantain. France exultait :

— Ils me donnent du chocolat, ils me prennent sur leurs genoux. Je leur chante : « Il y a longtemps que je t'aime, jamais je ne t'oublierai », et eux, ils me chantent des chansons boches.

Les Allemands partirent. Ma fille me montra à son poignet une gourmette argentée, que l'un d'eux y avait attachée.

— J'aurais voulu qu'ils restent toujours, dit-elle.

Christine Sangredin menaçait de tromper son mari s'il ne s'évadait pas :

« Ô mon amant de la Saint-Jean ! » chantait-elle.

Elle vivait avec sa mère, concierge, et répétait à tout propos avec une emphase joyeusement agressive : « Ma mère, qui est concierge... » et « Dans la loge de ma mère... »

Christine possédait un livre de messe marqué à ses initiales. Sa fille Chantal lui dit :

— Je suis contente que toi et moi, notre nom commence par la même lettre.

— Pourquoi ? demanda Christine attendrie.

— Parce que, comme ça quand tu seras morte, je pourrai me servir de ton livre.

Peu de temps auparavant, France m'avait dit : « Quand tu seras morte, qu'est-ce que tu voudras que je plante sur ta tombe ? Pas des fleurs chères, parce qu'il faut que je garde l'argent pour élever mes enfants. » Et : « La maîtresse est morte, mais ça ne fait rien, on en a mis une autre à la place. »

J'admirais la sagesse de ces enfants, qui réduisaient la mort à ses justes proportions.

Christine ordonna à une de ses aides de porter des copies à un professeur, dont elle refusa de lui indiquer l'adresse. La jeune fille éclata en sanglots. Christine sourit.

Christine nous contait les corrections qu'elle administrait à sa fille :

— Je me suis bien installée dans un bon fauteuil, j'ai relevé ses robes, j'ai baissé sa petite culotte et j'ai tapé, j'ai tapé, j'ai tapé. Chaque fois que je lui donne une tripotée, elle crie comme si on l'égorgeait, ça vaut le coup de l'entendre.

Cette mère zélée déployait autant de vigueur pour défendre son enfant que pour l'amender : elle en venait aux mains avec le grand-père, gâteux boulimique, qui voulait manger la soupe de sa petite-fille.

Quand je demandais un renseignement à Christine, une lueur de satisfaction brillait dans ses yeux couleur de châtaigne et de champagne, et elle ne répondait pas.

Quand je lui apportais des paquets à expédier, elle m'empêchait de les poser, les jetait à terre si j'avais réussi malgré elle à les laisser sur une table, et courait se plaindre de moi au patron.

Mon arrivée et mon départ étaient salués d'expressions telles que : « Brute épaisse ! — Abrutie ! — Ordure ! »

À mes recommandations : « Il faut que ces lettres partent ce soir », elle répliquait : « Vous avez eu des domestiques, dans le temps ? »

« Elle doit souffrir d'un complexe de conciergerie, me disais-je, aggravé de privation conjugale. »

J'opposais à ses brimades un visage de bois et le mutisme.

Il y avait des accalmies : Christine allait se confesser, me faisait des avances. Je comprenais alors que Chantal appelât parfois sa mère, pourtant si redoutable, « ma douceur ».

Christine et sa fille avaient exactement le même sourire, délibéré, intelligent, éminemment sociable. Le sourire, chez cette femme inculte et chez cette enfant de six ans, était une opération de l'esprit, un signe choisi, l'énoncé d'une identité entre les autres et elles.

Je dis à Christine :

— Je comprendrais que vous vous laissiez emporter par la colère. Mais cette méchanceté à froid, et sans raisons, cela me dépasse.

— Qui vous dit qu'on peut mieux résister à la méchanceté qu'à la colère ? répondit-elle. D'ailleurs, c'est pas de la méchanceté, c'est de la taquinerie.

Elle nous confia :

— Quand j'étais gosse, ma mère me disait toujours : La taquinerie, c'est le petit nom de la méchanceté.

Un soir que je lui apportais la caisse des plis à expédier, Christine m'accueillit par un coup de pied dans le ventre. Une violente gifle s'abattit sur son visage, et ses lunettes sautèrent. Avec stupeur, je constatai que c'était moi qui avais asséné la gifle.

— Vous avez cassé mes lunettes, dit Christine d'une petite voix menaçante.

56

— Je vous rembourserai, répondis-je d'un ton hautain, tout en me demandant avec quel argent.

Christine s'était penchée pour ramasser ses lunettes et se releva en disant :

— Non, elles ne sont pas cassées.

— Tout est pour le mieux, alors, fis-je, en contemplant sur son visage la marque blême de ma main, et je quittai la pièce.

Loin de garder le silence sur l'accident, Christine le raconta à toute la maison d'un air de fierté voluptueuse :

— Ça a claqué, je vous assure. J'ai vu trente-six chandelles. Cette Aro, tout de même, quand elle s'y met !

Et Christine, riant, posa sur mes cheveux un baiser.

Le lendemain, elle me donna, d'un air brusque et pressé, un paquet enveloppé de journal. C'étaient des champignons. Je les dégustai en croyant ma dernière heure venue. Mais ils n'étaient pas vénéneux. Ils n'étaient que bénéfique succulence.

Christine consacrait ses loisirs à une œuvre de placement des nouveau-nés de femmes de prisonniers.

— Il y en a une, dit-elle, c'est le deuxième qu'elle abandonne. En apportant sa fille l'année dernière, et puis son garçon maintenant, elle nous a fait chaque fois le coup de tomber dans les pommes. La première fois, ça m'a fait quelque chose. La deuxième fois, ça m'a fait rigoler.

Au dire de Christine, les dirigeantes de l'association savouraient, en se penchant vers les mères coupables, leur écrasante supériorité.

— Je voudrais qu'elles fautent aussi, celles-là, dit notre camarade. Ça leur ferait du bien.

À l'occasion de je ne sais plus quelle fête, le personnel se cotisa pour acheter quelques bouteilles de mousseux. Tout le monde trinqua. J'étais écrasée contre Mme Michet, petite femme aux cheveux gris qui avait l'habitude de fouiller dans les corbeilles à papier pour y trouver les instructions du patron au sourd. Mon verre fut heurté par les autres. Ce rite m'emplissait de révolte, d'angoisse : si je prenais part à ces libations subalternes, si je communiais au vin de la médiocrité, j'appartiendrais réellement, et non plus seulement en apparence, à la piétaille. Je feignis de boire et précipitamment vidai la coupe par-dessus mon épaule. Je l'avais échappé belle.

Comme il se promenait en rangs avec ses camarades, Dimitri fut reconnu par d'anciens voisins, qui l'interpellèrent, manifestant leur étonnement, de le voir élève de ce collège.

Minna se hâta de quitter l'établissement avec son fils. Elle cacha l'enfant ailleurs, mais refusa de me dire où. Je la suppliai : je pourrais avoir besoin, pour France, de connaître le refuge. Non sans peine, je finis par lui arracher le renseignement : Dimitri avait trouvé asile au couvent de Notre-Dame-de-Sion.

Le patron d'Anton lui permit de venir avec Minna dormir dans son salon. Ils arrivaient à la nuit et partaient avant le jour, pour ne pas être vus. Ils venaient faire leur cuisine chez moi. Leur graisse chanta dans ma poêle.

Un fracas de tonnerre ; l'air devint noir. Tout se couvrit de poudre. Tout le monde courait, criait, s'appelait, riait. Des fragments de vitres et de briques m'éraflèrent les joues.

Mon arrivée au bureau déclencha l'hilarité. On me conseilla d'aller m'admirer dans la glace : sur mon visage noir comme celui d'un ramoneur, deux minces filets de sang semblaient des larmes de clown. Le blanc des yeux, le blanc des dents se détachaient violemment sur cette face nègre. Je me plus : j'avais là une véridique image de moi-même.

CHAPITRE IV

Pendant mes insomnies, je récitais par ordre alphabétique les noms des enfants que je n'avais pas eus : Anne-André, Blaise-Bénédicte, Claire-Calixte, Désirée-Damien... Dociles à mes incantations, ils approchaient. Ils n'étaient ni garçons, ni filles, mais androgynes merveilleux.

L'esprit était aussi tourmenté que le corps. J'avais beau me dire qu'elles n'avaient pas de sens, qu'elles étaient infécondes, les questions métaphysiques de mon adolescence ne se posaient pas moins pour moi à nouveau, lancinantes. Les joies et les souffrances personnelles avaient endormi ces obsessions pendant quelques années, mais elles se réveillaient.

Les croyants et leurs prêtres m'apparaissaient comme un défi. Ils vivaient de monnaie fiduciaire. À moi, il fallait de l'or. J'aurais voulu leur dire ma pensée. Un éclair d'amusement me traversa : rien n'était plus facile. J'entrerais dans un confessionnal, comme pour me confesser, et verserais mon élixir dans l'oreille ecclésiastique. Il me fallait choisir une église éloignée de mon quartier, pour que le prêtre ne risquât pas, après ce bon tour, de me reconnaître. Je jetai mon dévolu sur l'église Saint-Bernard. Quand j'entrai, elle était encore déserte. À pas de loup, je m'approchai successivement des trois confessionnaux. J'éliminai le curé, qui devait être le plus vieux, le plus insensible aux plaisanteries salubres. Restaient les deux vicaires : Philippe Demanoir et Léon Morin. Je n'avais que leurs noms pour essayer de deviner qui, des deux, serait le plus réceptif. Philippe devait être d'origine plutôt bourgeoise. Les parents de Léon, pour lui avoir donné un tel prénom, étaient probablement des paysans. En avant pour le Léon ! Sus au Morin ! J'avais peur, mais il n'était pas question de reculer. Je m'agenouillai. Les prie-Dieu s'étaient garnis de pénitentes semblables à des cloportes. J'aurais voulu regagner l'air libre, ne pas poursuivre cette pénible comédie, qui gaspillait mon temps. Morin était annoncé pour cinq heures trente. À l'instant où la demie sonna au clocher, il glissa sur les dalles, petit, falot, le visage baissé. J'entrai dans le confessionnal presque en même temps que lui.

Au bout d'un moment, dont la longueur augmenta mon appréhension, le guichet fut tiré. Serrant fortement mes mains l'une dans l'autre, je dis, en un souffle violent :

— La religion, c'est l'opium du peuple.

— Pas exactement, répondit Morin du ton le plus naturel, comme si nous continuions une conversation déjà commencée. Ce sont les bourgeois qui ont fait de la religion l'opium du peuple. Ils l'ont dénaturée à leur profit.

Je croyais rêver, et dus me faire violence pour répliquer :

— Vous les avez laissés faire. Maintenant, vous et eux, ça ne fait plus qu'un.

— L'Église a perdu la classe ouvrière par sa faute, c'est vrai, mais nous réagissons. Un jociste qui fait grève, et qui est allé communier, continuera la grève avec bien plus de résolution. L'injustice est en horreur au cœur du chrétien.

— Il n'y a pas que cela. Même si la religion était restée pure, ce n'est pas cela qui en prouverait la vérité.

De l'autre côté de la cloison perforée, je sentais Morin me donner une attention totale, impressionnante.

— Bien sûr, dit-il, même si la religion était restée pure, ce n'est pas cela qui en prouverait la vérité.

J'eus honte d'avoir énoncé un tel truisme. Mes idées s'échappaient en panique. Je ne voyais plus ce que j'étais venue chercher dans cette nasse. Je commençai à me lever pour déguerpir.

— C'est bien d'être venue, dit le prêtre.

— Comment, bien ! C'est, c'est en ennemie que je suis ici.

— Vous croyez ? Moi, je ne crois pas. Il y a long-temps que vous ne vous étiez plus confessée, n'est-ce pas ?

— Depuis la première communion. Mais je ne suis pas en train de me confesser, en ce moment.

— Je sais bien, ce n'est pas drôle de reconnaître ses fautes devant son prochain.

— Drôle ou pas, la question ne se pose pas, puisque je ne crois pas en Dieu.

— En êtes-vous sûre ? Vous ne priez jamais ?

— Seulement quand je ne peux pas m'en empêcher. Ça doit être un reste des habitudes d'enfance, une faiblesse.

— Vous êtes orgueilleuse, n'est-ce pas ?

— Oui.

— Est-ce que vous mentez, quelquefois ?

— Oui.

J'avais l'impression de jouer, malgré moi, à un petit jeu de questions et réponses, cuisant.

— Vous n'avez jamais volé ?

— Si.

— Qu'est-ce que vous avez volé ?

— De la nourriture.

— Ça vous arrive de vous mettre en colère ?

— Oui.

— Vous ne commettez pas de fautes contre la pureté ?

— Je ne sais pas.

— Est-ce que vous savez vous gêner et vous pri-ver pour les autres ?

— Seulement pour ma fille.

— Vous faites bien votre devoir d'état ?

— Plus ou moins.

— Est-ce que vous croyez que vous réalisez au maximum les capacités qui sont en vous ?

— Non.

— Vous ne savez pas que saint Paul a dit : « Le monde serait meilleur, si vous l'étiez ? »

Saisie, je reçus cette sanglade sans broncher.

— Vous venez de faire une bonne confession, reprit mon interlocuteur sans apparence d'ironie. Maintenant, il faut demander pardon.

— À qui ?

— À X, répondit-il gaiement.

Je demeurai muette. Le prêtre, si près et si séparé de moi, gardait un silence et une immobilité absolus. « On va rester ainsi jusqu'à la fin du monde », pensai-je un instant avec angoisse.

— Vous n'avez pas de cran, dit enfin Morin.

— Pardon.

— Ah ! enregistra-t-il d'un ton neutre. Vous voulez bien que je vous donne une pénitence ?

— Non.

Le tourbillon m'emportait.

— Si. Ça vous ferait du bien, une pénitence. En sortant du confessionnal, vous irez vous agenouiller.

— Sur une des chaises de velours ? ricanai-je.

— Non, pas sur un prie-Dieu. Sur les dalles. Ça

64

vous fera un peu mal aux genoux. Là, vous ferez une prière à votre idée.

— Puisque je ne suis pas croyante, cette pseudo-prière ne pourrait être que dérision.

— Nos prières sont toujours dérision. Il y a tellement de disproportion entre elles et Celui auquel elles s'adressent.

— Mais quand la personne qui les dit les prend au sérieux, quand elle y croit...

— Qui vous dit que l'effort n'a pas autant de valeur que la foi ?

— Je n'ai pas de remords.

— Je l'espère bien. C'est Judas qui avait des remords ; c'est pour ça qu'il s'est pendu. C'est le repentir qui nous est demandé, juste le contraire du remords.

— Je ne pourrais avoir de repentir que si j'avais choisi comme ligne de conduite la morale chrétienne.

— Même sans avoir choisi comme ligne de conduite la morale chrétienne, vous vivez dans un monde christianisé. Vous savez quand vous commettez des fautes contre la conscience collective. Est-ce que vous êtes toujours très contente de vous ?

— Non. Mais ma manière d'agir est déterminée par l'hérédité, les organes, les circonstances.

— Vous êtes un robot, alors ? Baissez la tête, que je vous donne l'absolution.

J'obéis en disant :

— C'est facile de me faire marcher, n'est-ce pas ?

— Moyennement, répondit Morin, imperturbable.

Il leva la main droite et prononça lentement :

— *Ego te absolvo a peccatis tuis, in nomine Patris et Filii et Spiritus Sancti. Passio Domini nostri Jesu Christi, merita beatae Mariae Virginis, et omnium Sanctorum, quidquid boni feceris, et mali sustinueris, sint tibi in remissionem peccatorum, augmentum gratiae, et praemium vitae aeternae. Amen.*

Il traduisit, appuyant sur les mots :

— Moi, je t'absous de tes péchés, au nom du Père et du Fils et du Saint-Esprit. Que la passion de Jésus-Christ, Notre Seigneur, les mérites de la bienheureuse Vierge Marie et de tous les saints, tout ce que tu as fait de bien et tout ce que tu as eu à souffrir, t'aident pour la remise de tes péchés, l'accroissement de la grâce et la conquête de la vie éternelle. Ainsi soit-il.

Après un silence :

— Vous voulez que je vous prête des bouquins ?

— Oh ! oui, m'écriai-je, et aussitôt regrettai mon élan.

— La cure est juste en face du cinéma « Le Moderne », dit-il avec entrain. Quand pouvez-vous venir ?

— Seulement le soir, répondis-je, me rassurant un peu à l'idée qu'un ecclésiastique ne saurait recevoir de visites féminines à la brune.

— Mercredi à huit heures et demie, vous pouvez ? Au troisième. L'abbé Morin (il prononça ces deux mots d'un ton ironique), vous n'oublierez pas ?

J'émis un son indistinct.

— Allez, maintenant, dit-il plutôt rudement.

En un choc, je me souvins de l'effarante pénalité que m'avait infligée cet arbitre paré de violet. « Si seulement je pouvais tomber morte ! » pensais-je. Je sortis du cachot en trébuchant. « Si seulement j'étais autre, me disais-je, avec envie, je pourrais regagner l'air libre à l'instant, sans me prêter à cette médiévale bouffonnerie. » Je butai contre une chaise. Il y eut, me sembla-t-il, des remous, des fidèles qui se retournaient vers moi, sardoniques, scandalisés. Je n'étais pas en état de les individualiser, ils formaient une présence unique, hostile et nuisible. Fléchissant le genou comme on se jetterait par la fenêtre, je me retrouvai dans la position d'une laveuse au bord de l'eau, sur les dalles grises pareilles à un grand jeu de marelle, contre un pilier où je m'appuyai. Je fermai les yeux ; le pilier devint tronc d'arbre dans une forêt, ma peur s'apaisa. La prière que je devais au destinataire hypothétique prit inopinément les traits accusés et la voix cuivrée de Christine Sangredin. Les poings sur les hanches, elle cria : « La Barny, c'est tout du chiqué. Elle a rien pour elle. Elle sait rien faire de ses dix doigts. Quand il arrive un pépin aux autres, y a pas plus contente qu'elle. Elle a toujours peur de plus avoir de sous, elle se fait une de ces biles pour le fric. C'est pas marrant, une gonzesse comme ça. Elle se rappelle des trucs qu'elle a lus, et puis elle se rappelle pas qu'elle se les rappelle, alors elle croit comme ça que c'est elle qui les a trouvés. Elle se croit plus que les autres. Sans compter qu'elle a fait clamser sa mère et son Jules. Quand ce sera son tour d'avaler son extrait de naissance, elle ne laissera pas de regrets, je vous garantis. »

« Silence, poissarde », dis-je à cette muse populacière, et je me relevai. Je quittai la caverne aussi vite que le permettaient mes jambes un peu vacillantes et retrouvai avec joie le grand air lumineux qu'il m'avait semblé perdre à jamais. La bête forestière s'échappait meurtrie, mais plus vivante que jamais, du piège où l'avait jetée son caprice. Rien ne s'était passé qui comptât. Rien ne m'obligeait à aller au rendez-vous de Morin. Ce prêtre était d'une habileté consommée. Quelle puissance d'attention ! Quelle force de silence ! Quelle promptitude d'adaptation ! Je ne lui avais échappé que de justesse.

À l'allégresse de sortir de l'église pour n'y plus jamais remettre les pieds, s'en ajoutait une autre, en apparence incompatible : celle de l'absolution. Je me hâtais, légère, précieuse, fragile, dans ma peau neuve, dans ma virginité nouvelle. J'étais sur le qui-vive, craignant à chaque instant de fêler l'invisible cristal.

La nuit, je fis un cauchemar : Léon Morin m'avait tendu un guet-apens. Il se jetait sur moi comme un vampire. Dans sa chambre, pendaient des linges ensanglantés. « Comment ne l'avais-je pas compris ? pensai-je en m'éveillant. C'est un satyre qui profite de son ministère pour attirer des femmes chez lui. Mais je saurais me défendre. » Je me doutais confusément que je serais, malgré moi, exacte au rendez-vous.

Le mercredi soir, je traversai la ville d'un pas tour à tour précipité et traînant, pris des raccourcis, fis des détours, m'arrêtai devant des vitrines et finis par atteindre, à l'heure dite, la ruelle qui séparait un des bas-côtés de l'église de la cure. Au cinéma « Le Moderne », on donnait *Graine au vent.* Je contemplai la sonnette de nuit des sacrements, avec la démangeaison de la tirer. Très lentement, je poussai la porte cochère et gravis le vieil escalier patiné, non dépourvu d'une sordide grandeur. Ma main s'agrippait à la rampe de fer.

Sur la porte du troisième étage était vissé un panneau de bois blanc muni d'une cheville au bout d'une ficelle et percé d'une série de trous, chacun suivi d'une adresse au crayon, sauf le dernier, qui précédait la prédicion : « reviendra dans un quart d'heure ». De la même écriture déliée se détachaient, au-dessus de la sonnette, trois mots à l'encre bleue, sur une fiche de carton : Léon Morin, prêtre.

À mon faible coup de sonnette, la porte s'ouvrit

immédiatement. Je me trouvai en face d'un être intimidant, assez grand, jeune, tout différent de la petite ombre sans âge qui glissait vers le confessionnal. Ce ne pouvait pourtant être que le même, puisque, visiblement, il m'attendait, me reconnaissait.

— Bonjour, dit-il gaiement, et il m'introduisit dans une salle nue.

Morin portait avec aisance une soutane rapiécée. Certaines des pièces étaient elles-mêmes finement reprisées. Son col éraillé, très blanc, me fit penser à quelque chose, à quelqu'un ; je ne parvenais pas à me rappeler à qui. Sur les murs chaulés se détachaient des affiches multicolores, une madone au visage sévère et un grand crucifix. L'atmosphère était celle d'une gare, d'une agence de voyages ou d'une permanence du parti communiste. Un des coins était occupé par un piano droit, sur lequel fleurissait un bouquet de perce-neige dans un verre. Des rayons chargés de livres couvraient en partie l'un des murs. Morin me désigna une chaise et s'assit devant son bureau.

— Comment allez-vous, depuis l'autre jour ? demanda-t-il en jouant avec une règle d'acier.

Je ne savais que répondre. Brusquement, il leva sur moi ses yeux bruns et demanda d'une voix moqueuse :

— Alors, ils étaient doux, les pavés de Saint-Bernard ?

— Oui. Non. Mais d'ailleurs, jamais plus je

n'entrerai dans une église, autrement qu'en touriste.

— On est tous un peu touristes.

— Pas de la même manière. Il y en a que les dorures ne scandalisent pas.

— Ça me scandalise autant que vous. Il faudrait mettre le feu à tout ce bazar.

— Vous dites ça, et vous êtes prêtre !

— Oui. Vous pensiez que les prêtres aimaient bien les bondieuseries ?

— Ils les laissent exister, en tout cas.

— Pas tout. On lutte, c'est dur, mais il y a déjà un tout petit progrès. Par exemple, chez nous, il n'y a plus de classes pour les enterrements. Avant, il y avait quelquefois trois prêtres pour conduire un type dans le trou. Ça ne sert à rien. L'enterrement, ce n'est pas un sacrement, ce n'est rien du tout. On est là pour les vivants, on n'est pas des croque-morts.

— Si le résultat de vos luttes consiste uniquement à réduire le nombre des prêtres d'enterrement de trois à un...

— On a aussi supprimé les quêtes. À l'église, il est toujours question de sous. Ça fait que ceux qui n'en ont pas, ils ne peuvent pas y venir.

— Oui, mais cela, ça concerne la non-application de l'enseignement du Christ. La question n° 1, c'est : l'enseignement du Christ est-il valable ?

— Quelle idée vous faites-vous du Christ ?

— J'ai lu les Évangiles, naturellement, et puis Renan.

— C'est tout ?

— Et puis *Histoire du Christ*, par Giovanni Papini.

— Pas bien fameux, Papini, dit Morin en se levant. Il prit un livre sur les rayons et me le tendit : *Jésus le Christ*, par Karl Adam, professeur à l'université de Tubingue.

— Emportez ce bouquin. Est-ce que vous pouvez revenir vendredi soir ?

— Après-demain ! Je n'aurai jamais fini d'ici là.

— Ça ne fait rien. Il faut qu'on se voie de toute façon.

— Vous voulez me convertir, persiflai-je.

— Il n'y a que vous et le Seigneur qui pourriez une chose pareille.

— Pourquoi me prêtez-vous des livres, alors ?

— Vous ne m'en prêteriez pas, vous, si vous en aviez et que j'en aie envie ?

— Je ne sais pas. Mais pourquoi souhaitez-vous que je revienne ?

— Vous n'éprouvez jamais le besoin d'échanger des idées avec vos semblables ? Sauvage.

— C'est surtout samedi que j'ai été sauvage. Je ne comprends pas ce qui m'a prise. Oubliez cela, je vous en prie.

— Ah ! mais non, c'était bien trop drôle, protesta Morin en jetant un coup d'œil vers le crucifix comme pour le prendre à témoin, et il rit à gorge déployée.

Je me dirigeai vers la porte en emportant le volume prêté. Morin m'accompagna.

— Au revoir. À vendredi, dit-il sur le palier.

J'acquiesçai avec hésitation et m'engageai dans l'escalier devenu complètement noir. « Il a le genre et les manières d'un militant, pensais-je. On dirait un leader révolutionnaire. Citoyen prêtre, camarade abbé ! Il doit se donner cet air-là pour ne pas me dépayser. » Mais je ne redoutais plus viol ni conversion. Morin m'inspirait confiance ou presque. Rien désormais ne me ferait dévier de la salubre laïcité. Mon entrée en relations avec un prêtre était, après tout, aussi normale, admissible, que la camaraderie qui liait Chaïm et l'aumônier militaire.

Je me couchai avec Karl Adam. Ce livre semblait écrit à mon intention, appelant les miracles « causes de scandale pour l'homme moderne ». Le Boche retournait, redressait la question essentielle : il ne postulait nullement un Créateur, mais dégageait les traits divins de la personnalité de Jésus, et en concluait à l'existence d'un Dieu. En particulier, Karl Adam analysait les prières du Nazaréen et montrait par des comparaisons que personne auparavant n'avait ainsi prié *de l'intérieur*. J'acquiesçais à cette étude, œuf de Colomb. Quand je la terminai, il était six heures du matin,

73

presque temps déjà de me lever pour aller au travail.

Je ne m'étonnais plus du mépris de l'abbé pour le livre, pourtant catholique, de Giovanni Papini : ce n'était, malgré sa beauté, qu'un diorama, tandis que le professeur de Tubingue se livrait à un véritable travail d'induction. En quoi il agissait d'ailleurs dans l'esprit de l'Évangile, puisque le Christ avait dit : « Nul ne peut venir au Père que par moi. »

Il n'y a aucune raison contraignante pour descendre du Dieu des philosophes, du contestable Horloger de Voltaire, jusqu'à Jésus. Le chemin monte, au contraire, du charpentier inspiré jusqu'à son inspirateur. Le trouvère des béatitudes implique Dieu.

La question, pour n'être pas oiseuse, devait se poser, non de l'existence, mais de la personnalité de Dieu. L'animateur du Messie était-il doué d'individualité ?

Quand je tendis *Jésus le Christ* à Morin, il demanda :

— Vous l'avez déjà fini ?

— Oui.

— Vous l'avez lu trop vite.

— Une fois commencé, je n'ai plus pu m'arrêter.

Il replaça le livre sur un rayon et en chercha d'autres.

— À votre point de vue catholique, lui dis-je, si je continue à vivre en athée, je suis fichue.

Il protesta :

— Mais non, mon petit, vous n'êtes pas fichue, même si vous continuez à vivre en athée.

Ce détachement spirituel me confondit. Normalement, Morin aurait dû profiter de l'occasion pour répondre : « Oui, vous êtes perdue, si vous ne changez. » J'étais touchée, aussi, en même temps que légèrement choquée, que ce jeune vicaire eût pris la liberté de m'appeler son petit.

— Hors de l'Église, point de salut, insistai-je moqueusement.

— C'est de l'Église invisible qu'il s'agit. Elle dépasse de beaucoup l'Église visible.

— Qu'est-ce que l'Église invisible ?

— C'est l'humanité de bonne volonté.

Et Morin se remit à inspecter la bibliothèque, observant :

— C'est dans un désordre, je n'ai jamais le temps de les classer, et puis les gens ne les rapportent pas, les bouquins.

Pendant que Morin se penchait, se redressait, touchait d'un genou le plancher en cherchant la pâture qui me convînt, j'admirais les soigneux ravaudages qui formaient sa soutane, et ne pus m'empêcher de m'étonner à haute voix :

— C'est tout de même drôle que je sois tombée juste sur vous !

À peine cette exclamation lâchée, je la regrettai : n'était-elle pas un sérieux compliment pour Morin ? Il allait sans nul doute protester avec modestie : « Tous les prêtres sont pareils », ou : « Je ne suis pas parmi les meilleurs, loin de là. »

Au lieu de ces phrases qui s'imposaient, il répondit :

— C'est la Providence.

Il parcourut encore les rayons d'un regard critique et, soudain :

— Je ne sais pas pourquoi c'est moi qui choisis vos livres. Venez un peu ici. Vous n'avez qu'à prendre ceux qui vous chantent.

J'approchai à pas craintifs. J'oscillais constamment, chez mon nouveau pourvoyeur de lectures, entre le respect et la moquerie, la combativité et la soumission.

J'allais connaître ce piège nouveau, cette étrangeté : une bibliothèque de corbeau ! *La pensée du Bouddha, Le vrai visage du catholicisme, L'élément non rationnel dans l'idée du divin et sa relation avec le rationnel, Elle et toi, jeune homme, Le devoir d'imprévoyance, La clé de la doctrine eucharistique, Conversations dans le Loir-et-Cher, Le français, langue liturgique, Lui et toi, jeune fille, Mystique d'Orient et mystique d'Occident, Seigneur, apprenez-nous à prier, Comment reconnaître les champignons comestibles, De l'instinct à l'esprit, Les aventures de Sophie, De la sincérité envers soi-même, L'épée et le miroir, Éducation sexuelle de nos enfants, Création religieuse et pensée contemplative,*

Essais sur la christologie de saint Jean, Le catéchisme des incroyants : pour moi !

Morin était retourné à son bureau, où il écrivait, l'air absorbé. Je n'osais l'interrompre, ni me servir moi-même. Il sentit mon regard et dit :

— Prenez.

J'obéis.

— Faites voir.

Je tendis le livre à bout de bras pour m'approcher le moins possible. En lisant le titre, il s'esclaffa :

— Évidemment ! (Et :) Je ne sais pas si je vous rends un bon service en vous passant un truc de ce genre ; vous êtes déjà assez ergoteuse. Enfin, si ça vous fait plaisir. Vous ne prenez que celui-là ?

— J'ai tellement peu de temps.

— Vous ne m'avez pas dit ce que vous pensiez du Karl Adam.

— C'est fort. C'est original. En le lisant, je croyais en Dieu, il me semble.

— Heureusement que ça vous a passé, plaisanta mon interlocuteur.

— Comment voulez-vous que je croie sans preuves ?

— Il ne faut pas qu'il y ait de preuves. La croyance en Dieu, ce n'est pas une certitude scientifique, cérébrale, comme vous avez l'air de le croire. La croyance en Dieu, c'est un accord de notre être tout entier. Quand vous aimez quelqu'un, vous aimez sans preuves. La foi, c'est pareil.

— Mais... d'abord, dans un tas de livres religieux, on énumère les soi-disant « preuves de l'existence de Dieu ».

— On a tort. C'est mal dit. Ce sont des présomptions, pas des preuves. Ce sont des guides qui nous aident à faire un bout de chemin. Mais il y a toujours un précipice à franchir tout seul. S'il y avait des preuves, tout le monde croirait. Plus besoin même de croire : on saurait, on comprendrait. Ça ne serait plus ici-bas, ça serait déjà le ciel.

Morin tira à lui son bloc, saisit un crayon et annonça en me regardant :

— Je vais faire votre portrait.

D'un air narquoisement appliqué, il mit sur la feuille blanche un point, qu'il me montra en expliquant :

— C'est vous.

— Ah !

— Oui. Maintenant, je vais représenter Dieu.

Et Morin traça un cercle, qui prenait le reste de la page :

— Le point veut englober le cercle ; ce n'est pourtant pas possible, vous voyez bien. C'est au point à être contenu dans le cercle, il ne faut pas renverser les rôles.

— Qu'est-ce que le cercle attend ?

— C'est à vous à vous remuer. Si Dieu forçait notre adhésion, nous ne serions plus libres.

— Votre comparaison de tout à l'heure, entre la croyance en Dieu et l'amour, elle ne convient pas du tout. On aime quelqu'un sans preuves, oui, mais c'est grâce à des preuves qu'on sait que cette personne existe.

— En somme, vous, vous vous demandez tout le temps si Dieu a l'existence ou s'il ne l'a pas. Dieu ne possède pas l'existence. Dieu est existence. Vous savez, Iaveh qui dit : « Je suis celui qui est. »

— C'est un peu comme si on disait : $x = x$. Ce que je me demandais après avoir fini *Jésus le Christ,* c'est si cette existence de Dieu est une existence personnelle.

— Les êtres humains vous paraissent doués de personnalité ?

— Oui.

— D'où viendrait cette personnalité, sinon d'une personnalité supérieure ?

— Pas forcément. Nous pouvons être un progrès sur des états précédents non différenciés.

— D'où vient cette force de progrès ? Est-ce que le moins, à lui seul, peut engendrer le plus ?

— Tout ça, c'est de la scolastique. Peut-être bien que le moins peut engendrer le plus.

— C'est comme si vous croyiez à la génération spontanée.

— Bien sûr, vous, monsieur l'abbé, vous me présentez tous les arguments propres à me faire croire en Dieu. Mais un athée saurait trouver des arguments opposés de la même force.

— Sûrement. Nous avons tort de bavarder

comme ça ; les paroles, ça ne sert à rien. Dieu, c'est une réalité expérimentale individuelle, différente pour chacun de nous, et incommunicable.

— Incommunicable, c'est atroce.

— Pourquoi ? Qu'est-ce que ça peut vous faire, au fond, qu'il y ait un Dieu ou qu'il n'y en ait pas ?

— Comment, qu'est-ce que ça peut me faire, il n'y a que ça qui compte, je voulais me tuer, en philo, à cause de Lui.

— Riche idée.

Les conversations avec Morin, un ou plusieurs soirs par semaine, faisaient maintenant partie de ma vie, autant que les dimanches après-midi passés à promener ma fille dans la campagne. J'avais tant fouillé la bibliothèque du prêtre que j'aurais pu faire mon choix dans l'obscurité. Quand, entre deux de mes visites, il avait voulu prêter des livres sans réussir à mettre la main dessus, il me demandait :

— Où sont-ils ?

À l'instant, je les lui montrais.

Je me sentais chez moi comme je ne l'avais été nulle part, dans cette sorte de parloir à l'aspect de buanderie désaffectée, dont le parquet parfois brillait comme un miroir, parfois était couvert de flaques. Morin alors s'excusait :

— C'est les gens, avec la neige. Je vais éponger ça, je n'ai pas encore eu le temps, et puis je vais passer la paille de fer et encaustiquer comme il faut.

Les scrupules troublaient mon bien-être : je volais un temps dû à d'autres, puisque jamais je ne me convertirais. Je fais part de mon souci à Morin.

— Ne vous mettez donc pas martel en tête, répondit-il. Ça me repose de causer avec vous ; on se fait du bien mutuellement. Si ça vous ennuie, il ne faut plus venir. Mais pour ce qui est de moi, vous ne me dérangez pas du tout, ajouta-t-il, sans trop de cordialité.

Je m'étais bien gardée de dire mon nom à Morin et je me demandais avec curiosité comment il me désignait, quand il prenait note de notre prochain rendez-vous dans son agenda aux pages combles. Il ne me questionnait pas sur ma vie privée. De moi-même, je lui confiai que mon mari était mort à la guerre, probablement suicidé. Le prêtre n'accueillit pas cette révélation avec le saisissement, la commisération que j'escomptais. Il se contenta de dire :

— Eh oui, il y a beaucoup de couples brisés.

Morin ne parlait jamais de lui-même. Une fois, cependant, comme nous comparions le sort des enfants uniques et des autres, il dit, son visage de galet poli soudain tout ensoleillé :

— À la maison, j'ai deux sœurs. Maintenant, avec vous, j'en ai une de plus.

Ces paroles, prononcées du ton le plus spontané, avec un sourire séraphique, m'émurent. Mais je me maîtrisai et demandai :

— Toutes les femmes qui viennent ici vous leur dites qu'elles sont vos sœurs ?

— Je m'occupe surtout des garçons, répondit-il d'une voix posée.

— Comment pouvez-vous me réunir dans votre esprit à vos sœurs, puisque elles, elles sont chrétiennes, moi pas ?

— Qu'est-ce que ça peut bien faire, ça ?

« Ça ne fait rien », fut la réplique si inattendue que, n'en croyant pas mes oreilles, je demandai :

— Pardon, monsieur l'abbé ?

Il refusa de répéter :

— Vous avez très bien entendu.

— Oh ! je vois bien votre tactique, lui dis-je : vous comptez sur mon esprit de contradiction pour me faire convertir. Mais, ni comme ça, ni autrement, il n'y a rien à faire.

— Oui, écrevisse, répondit-il d'un ton conciliant.

L'épithète m'arracha un éclat de rire, mais montrait que le pêcheur d'hommes ne renonçait pas à la capture.

CHAPITRE V

Un soir que je gravissais l'escalier de la cure, j'eus la surprise de voir monter devant moi Christine Sangredin. C'était bien sa chevelure teinte en acajou, abruptement relevée sur la nuque, sa veste noire râpée, sa jupe banane à petits motifs bruns vermiculés, ses vigoureux mollets nus, les lanières blanches de ses chaussures enserrant ses talons jaune pâle et rosés, semblables à deux petites pommes, et le claquement gai de ses semelles de bois. Je courus derrière elle et lui posai la main sur l'épaule. Elle se retourna et, me dévisageant, demanda :

— Qu'est-ce que tu fabriques ici ?

Le visage de Christine ne portait plus trace de maquillage. Les clips hirondelles s'étaient envolés de ses oreilles petites et joliment ourlées. Ses lèvres, essuyées de leur rouge, suggéraient le baiser. La clarté de la lune, qui tombait du jour de souffrance, prêtait à son teint une douceur nacrée. Par une impulsion irrésistible, j'étendis la main et lui caressai la joue. Elle eut un haut-le-corps, sembla plus indignée que le jour où je l'avais giflée.

— Vous... vous n'avez plus de fards ? bégayai-je, éperdue, voulant justifier mon geste.

— Non, je les ai ôtés.

— Pourquoi ?

— Je vais chez mon directeur de conscience, dit-elle sur le ton de l'évidence, avec une pointe d'agressivité préventive, comme quand elle nous déclarait être « fière de sa concierge de mère ».

J'essayai de me rassurer : plusieurs prêtres, beaucoup de gens habitaient cette maison.

— Qui est-ce ? demandai-je en m'appuyant à la rampe.

— M. l'abbé Morin, répondit-elle d'un ton pénétré de respect. Et toi, qu'est-ce que tu fais ici ?

— J'y allais. Mais vas-y. Au revoir.

Et je dévalai les marches sans m'arrêter aux appels de Christine :

— Reste. Attends, viens. Aro, Aro !

Elle allait faire sortir tout le clergé de ses repaires ! Je détalai à travers la ville.

« Si seulement je pouvais m'y jeter ! » pensais-je en traversant la rivière lumineuse. Peu de jours auparavant, j'avais récité avec enthousiasme à mes camarades *La mort du Loup* :

Gémir, pleurer, prier est également lâche.

« C'est lâche de prier ! » s'était écriée Danièle

84

Holdenberg indignée. Quand mon ennemie intermittente aurait divulgué mes fréquentations ecclésiastiques, on me considérerait, non sans raison, comme une fieffée hypocrite ou une déséquilibrée.

De mon désarroi s'élevait une quasi-allégresse. Je savais maintenant que c'était sous l'influence de Morin que Christine, malgré son naturel méchant, agissait parfois avec cœur. « Enfin, enfin, la catastrophe se dessine », pensais-je avec un bizarre soulagement. Le lendemain, sans préambule, je fis aux autres l'éloge du *Jésus* de Karl Adam. Contrairement à mes craintes, ces louanges ne soulevèrent ni surprise, ni moqueries ; elles ne rencontrèrent qu'indifférence. Il me restait à fournir une explication à Christine, quand j'irais lui porter le courrier. Ce fut elle qui vint et me glissa subrepticement une petite feuille pliée. Je la cachai dans ma poche en songeant aux messages virulents de Marie-Dominique, pendant les cours, et à ce billet d'un garçon roux, à l'école communale : « Je t'aime. Ne le dis pas à personne. »

La missive de Christine Sangredin était ainsi conçue :

« Il aurait fallu que ce soit moi qui m'en aille, et pas vous. Je me le suis reproché. M. l'abbé vous attendra après-demain à neuf heures, est-ce que vous pourrez y aller ?

« Vous n'êtes pas comme tout le monde. Ce que

je vais vous dire va sans doute vous agacer : j'aimerais bien être votre amie. Et vous ?

« M. l'abbé dirait sûrement que je ferais mieux
de faire la lessive de maman, au lieu de parler
pour ne rien dire.

« Répondez-moi. »

Cette proposition d'amitié enfantine, et peut-
être inconsciemment perverse, me pénétra de joie.
Je me doutais pourtant qu'elle devait avoir été
inspirée par Morin, content de trouver un rabat-
teur.

Je rejoignis Christine à la sortie. Au bord du
trottoir, assise sur sa bicyclette chromée dont elle
faisait machinalement sonner le timbre à chaque
instant, elle me dit :

— C'est drôle qu'on se soit rencontrées là-bas.
Moi, quand je suis allée chez lui pour la première
fois, je me suis dit : Tu as enfin trouvé ce qu'il
te fallait.

— Ce n'est pas dans votre quartier.

— C'est Danièle qui m'a emmenée chez lui la
première fois.

Je me souvins seulement alors que Danièle Holdenberg avait raconté, longtemps auparavant,
qu'elle allait de temps en temps chez un prêtre :

— Qu'est-ce qu'il me passe ! s'était-elle écriée
avec une rancune enthousiaste. Des fois, j'ai envie
de le battre.

— Danièle et vous, vous êtes très catholiques ?
demandai-je à Mme Sangredin.

— Pas de la même manière. Elle, la religion, c'est comme son histoire de France.

— Et vous ?

— Moi, c'est pas pareil. Chez nous, on a ça dans le sang.

— Est-ce que M. l'abbé vous a dit quelque chose de moi ?

— Il a dit que vous étiez une drôle de fille.

— C'est tout ?

— Je devrais pas le répéter. Il a dit : « Elle est plus près de Dieu que mes paroissiens. »

Quand je revis Morin, il ne fit aucune allusion à Christine.

— Mme Sangredin vous a dit... risquai-je.

— Oui, elle m'a dit. Joli jeu de mains.

Ne sachant au juste si l'abbé me reprochait la gifle au bureau, ou la caresse dans son escalier, j'éprouvai le besoin d'en avoir le cœur net :

— Moi, moi j'aime une jeune fille !

À peine lancée, cette défunte vérité reprit vie : la pensée de Sabine m'étreignit.

Morin gardait le silence. Enfin, il dit pensivement :

— Bien sûr, tous les hommes de votre âge sont partis.

— Vous, vous êtes bien un homme de mon âge, répliquai-je avec une feinte ingénuité.

— Moi, c'est pas pareil. C'est à part, prononça-t-il d'un ton patient, comme s'il essayait d'enseigner l'*a b c* à un enfant arriéré.

Et, après un nouveau silence :

— Une jeune fille là où vous travaillez ?

— Oui. Elle est belle et intelligente. Elle dirige tout. Elle ressemble à un rayon de lumière noire. Elle s'appelle Sabine.

— Qu'est-ce que vous attendez pour me l'amener ?

— Elle ne viendrait jamais ; je suis sa subordonnée. Et puis, je ne l'aime plus comme avant.

— Vous n'avez jamais aimé, vous ne savez même pas ce que c'est. Vous végétez recroquevillée sur vous-même.

On entendit une explosion au loin. Nous nous tûmes, écoutant. Je crus voir sur le visage de Morin un sentiment semblable au mien, ce qui m'encouragea à lui confier :

— C'est plus fort que moi, quand j'entends ça, je suis folle de joie. Même sans savoir de quoi il s'agit, même sans espérer que c'est la Résistance. J'ai beau me dire que des gens sont en train de mourir tragiquement, plus je me dis ça, plus ça me met en joie. Dès que ça barde, je voudrais y être aussi, pour rien, pour le plaisir.

— Je suis exactement pareil, dit Morin. Il faut reconnaître qu'on est des pauvres types. On aime la casse, on aime la bagarre. La nature humaine est corrompue, il faut en prendre son parti.

— Il y a tout le temps des types dans ma chambre, ils couchent dans mon lit, s'étonna l'abbé, comme s'il constatait un phénomène cocasse indépendant de sa volonté.

— Quels types ?

— Des Juifs, pardi. On en prend un, et tout le ban et l'arrière-ban se rappliquent. Ils nous cassent les pieds pour des certificats de baptême. Je me fais savonner à l'évêché.

— Que dit l'abbé de votre vichysme ? demandai-je à Christine.

— Il dit qu'il se fera un plaisir de m'assister, quand on me collera au poteau le jour de la libération.

Les cheveux de Christine passaient par des coloris étranges.

— Qu'est-ce qui arrive à votre tignasse ? lui demandai-je.

— C'est lui. Il a menacé de ne plus me donner l'absolution si je continuais à me faire teindre. Il sait exactement combien ça coûte, il doit avoir un

pénitent coiffeur. Il m'a conseillé d'imiter « la simplicité des femmes communistes ». J'ai tout de
suite compris : les femmes communistes, c'est
vous. Vous l'avez complètement soviétisé. Je lui
disais : « Si j'accepte ce travail d'auxiliaire sociale,
je vais être trop prise. » Il m'a répondu : « On n'est
jamais trop pris. » « Vous en avez de bonnes, monsieur l'abbé. Et ma fille ? » « Mettez-la en pension,
elle sera bien mieux. » Son rêve, ce serait le sys-
tème russe : les enfants élevés dans des cavernes
pour que les parents puissent s'occuper de Pierre
et Paul. Vous avez fait du beau travail.

— Non, c'est lui qui me communise. Je lui ai
raconté que ma mère reprochait aux jeunes
communistes de se donner avant de se faire. Il a
répliqué : « Ils ont raison. C'est en se donnant
qu'on se fait. »

— Si ç'avait été moi, je ne me serais pas gênée
pour lui répondre comme il me répond souvent :
« Ça, c'est du bla-bla-bla. »

Les Allemands avaient décrété le couvre-feu à
partir de vingt heures, pour une période indéter-
minée. Je ne pouvais plus aller voir Morin et j'avais
des livres à lui rendre. Je me risquai à passer chez
lui un samedi, au début de l'après-midi. La cheville était fichée en face de l'inscription : à Saint-
Bernard. Je redescendis, me demandant si je souhaitais, si j'oserais entrer à l'église.

Je poussai doucement le vantail. Morin était
seul, à genoux dans le chœur. Il me vit, mais conti-

90

nua longtemps sa prière. J'attendis, debout derrière un pilier. Il ne pouvait être question que je prie, mais la sereine gravité, le silence et l'immobilité absolus de Morin prenaient possession de moi. Je fus soulevée, portée par cette oraison d'autrui. Ma mère m'avait raconté que, jeune fille, elle allait loin en Méditerranée, sans nager, une main posée sur l'épaule de son père, l'autre sur celle de son frère. À mon tour, je me trouvais au large, loin de toute terre, de tout souci, sans avoir fait un mouvement.

Morin se leva, vint à moi et me fit signe de le suivre dehors. Dans le porche, une dame âgée l'accosta :

— Monsieur l'abbé, est-ce qu'il y aura salut du Très Saint-Sacrement ce soir ?

Avant de répondre, Morin me saisit par l'empiècement de mon manteau et me poussa de côté, puis, se ravisant, il sortit de sa poche une clé et me la tendit en demandant du ton le plus affectueux :

— Vous voulez bien aller m'attendre là-haut, je vous rejoins tout de suite.

La clé à la main, je gravis à nouveau l'escalier, en m'étonnant des manières fantaisistes du prêtre, même devant des tiers respectables. Je n'avais jamais vu personne se moquer aussi délibérément du qu'en dira-t-on.

La porte s'ouvrit d'autant plus facilement qu'elle n'était pas fermée à clé, mais seulement tirée. Bien que seule, je veillai à ne pas faire de bruit, à marcher légèrement. Je retenais même ma respiration. Le silence était gai. La nudité de cette grande pièce donnait l'impression qu'on l'avait débarrassée de tous ses meubles pour que pût s'y donner une fête.

Morin arriva, essoufflé.

Il sortit d'un tiroir une pomme, qu'il me tendit en disant :

— Tenez, je l'ai gardée pour vous.

Mes yeux se mouillèrent. Je secouai la tête.

— Vous ne voulez rien accepter des autres ?

— Si, puisque j'accepte bien que vous me fassiez l'aumône de votre temps.

— L'aumône ! protesta Morin. (Immédiatement, il se reprit :) Oui, c'est vrai, je vous fais l'aumône de mon temps. Et maintenant, croquez cette pomme.

— Non merci, monsieur l'abbé.

— C'est de l'orgueil, ça. Vous n'aimez pas les bourgeois, et vous êtes plus bourgeoise qu'eux. Elle vous fait envie ? demanda-t-il en passant la pomme devant mes lèvres.

— Oui.

Il s'amusa à la faire briller contre la manche de sa soutane, à la lancer en l'air et à la rattraper au vol.

— Prenez-la.

— Non merci, monsieur l'abbé.

— Eh bien, je la refilerai à quelqu'un de moins

sot que vous. Dans la vie, il faut être simple. Est-ce que vous êtes simple ?

— Je ne sais pas. Est-ce que je vous fais l'impression d'être simple ?

— Vous ne me faites aucune impression.

— Vous, monsieur l'abbé, est-ce que vous êtes simple ?

— Oui. (Il réfléchit un instant et répéta :) Oui, je crois.

— Qu'est-ce que vous pensez de moi ?

— Rien.

— Comment, rien ? Ce n'est pas possible.

— Si. Je ne porte pas de jugement sur vous. Personne ne viendra me demander ce que vous valez.

— Mais enfin, quand je suis ici, en face de vous, je vous fais l'effet de quoi ?

Il m'examina, les yeux mi-clos, avec l'air d'un maquignon qui estime un cheval, et dit lentement :

— Vous me faites l'effet d'un embryon.

— Tout à l'heure, vous venez de m'accuser d'orgueil. Mais pourquoi est-ce que ce serait mal, l'orgueil ?

— C'est du manque de respect envers soi-même.

— Au contraire. C'est un grand respect qu'on a pour soi-même.

— Se mentir à soi-même.

— Se mentir, comment ?

— En vous attribuant plus d'importance que vous n'en avez réellement.

L'angélus sonna. Je regardai Morin avec une avide curiosité, non dépourvue de malveillance : il allait devoir jouer les Millet ou ne pas répondre à l'appel de l'Église, se montrer ridicule ou insuffisant.

— Six plombes et quinze broquilles à la dégoulinante de la turne, dit-il d'un air fort sérieux.

Et, passant sans transition de la langue verte à la langue sacrée, il s'écria avec jubilation :

— *Angelus Domini nuntiavit Mariae et concepit de Spiritu Sancto et Verbum caro factum est et habitavit in nobis.*

« *Ora pro nobis, Sancta Dei Genitrix.*

« Et alors, si vous n'étiez pas un bel esprit, vous répondriez :

« *Ut digni efficiamur promissionibus Christi.* »

Morin examinait d'un air critique mes pieds nus dans des sandales, et dit :

— Vous devriez vous vernir les ongles des orteils.

Suffoquée, je ne répondis pas.

— Il vous manque un mari, continua-t-il.

— Tant pis ! répliquai-je. Je me fais l'amour avec un bout de bois.

Il me sembla que les traits de mon interlocuteur

s'altéraient. Je n'avais jamais remarqué auparavant à quel point son visage était émacié, fatigué, trop jeune ; un visage de gamin de la zone. Il baissa son crâne tonsuré et le releva en disant d'un ton neutre :

— Vous pourriez vous faire du mal.

— Je ne suis pas douillette.

Il resta silencieux.

— Quand il y a des blancs dans la conversation, monsieur l'abbé, c'est parce que vous laissez le temps au Saint-Esprit de vous souffler la repartie !

— Ma pauvre pie, que vous aimez bien enfiler les paroles, dit-il, avec un sourire triste.

— Monsieur l'abbé, vous ne répondez pas à ma question : vos silences, ce sont bien des apartés avec le Saint-Esprit ?

— Vous ne devriez même pas oser prononcer ce nom-là.

J'ouvrais la bouche pour une nouvelle incongruité. Il m'arrêta en racontant :

— Quand j'étais petit et que je parlais à tort et à travers, on me disait : « Va au fenil, tu causeras avec les murs. »

Acceptant la leçon, j'essayai de rester coite, mais au bout d'un instant, je demandai amèrement :

— Pourquoi est-ce que je suis mauvaise avec vous ?

— Vous êtes comme ça, répondit Morin. (Il ajouta :) Ça passera.

Des profondeurs de ses yeux bruns, montèrent des ondes d'allégresse.

À l'arrivée, ni au départ, Morin ne me donnait jamais la main. Si, par distraction, je lui tendais la mienne, au lieu de la prendre, il l'effleurait seulement d'une paume plane et dure comme un palet. Cette fois-là, où je m'étais moquée si grossièrement de sa religion, il me donna, quand je partis, la plus vigoureuse, la plus chaleureuse des poignées de main.

« Si je commettais un crime, pensai-je, il m'embrasserait. »

Le vieux curé sortait de chez Morin qui, devant lui, me dit avec une politesse inaccoutumée, en s'effaçant :

— Si vous voulez bien vous donner la peine d'entrer, madame.

À peine la forte refermée sur nous, Morin partit d'un rire de collégien qui vient de jouer un tour à son proviseur et demanda :

— Alors, où en sommes-nous, grenouille de marécages ?

— Ce qui me répugne, dans le christianisme, c'est son caractère intéressé : on se force à faire ceci, on se prive de faire cela, pour obtenir le ciel.

— Alors, vous, quand vous ensemencez, vous n'avez pas envie que ça pousse ? C'est ça, le ciel, c'est la levée du grain. Vous vous rappelez le sénevé dont a parlé Notre-Seigneur ? demanda Morin d'un ton d'actualité, comme si, la veille, j'avais écouté avec lui cette comparaison de la bouche d'un ami commun.

— Votre Seigneur, rectifiai-je.

— Autant à vous qu'à moi, dit-il avec un sourire attirant.

— Non, si je refuse.

— Vous pouvez refuser que la terre tourne, je ne crois pas que ça y changera grand-chose.

— La messe... Pourquoi est-ce que l'Église a fabriqué une telle mascarade ?

— Au séminaire, ça me faisait le même effet qu'à vous. C'est seulement depuis que j'en suis sorti que j'ai compris. C'est un drame en quatre actes, la messe. Et les acteurs, c'est tout le monde, c'est vous (même si vous n'y allez pas), c'est nous, de la même manière que nous sommes les acteurs de notre propre vie, avec le Christ pour partenaire. C'est un drame vécu, la messe.

— Possible que la messe ait des beautés cachées. Mais elles ne sont accessibles qu'aux initiés.

— La messe est dite en latin, alors personne n'y pige rien. On n'a pas de bouquin, on ne regarde pas dans son bouquin, on ne s'y retrouve plus. Vous pouvez être sûre que d'ici quelques années, la messe sera dite dans la langue nationale de chaque pays. Rome est très lent pour ces choses-là.

— Non, le latin, encore... Il a le mérite d'être international. Et puis, si je m'adressais officiellement à un dieu, je crois que j'aimerais employer une langue spéciale pour lui. Ce qui me rebute est pire.

— Les gens qui viennent à la messe ?

— Il doit y avoir de ça. L'ensemble est bien plus horrible que dans la rue ou dans un tram.

— Oui, ils empêchent les autres de venir. Ils viennent parce que ça fait bien, un petit coup de messe entre le lit et l'apéro. C'est des chrétiens de la messe de onze heures, ça, des chrétiens du dimanche. L'Église n'a pas de pires ennemis.

— Si je comprends bien, les catholiques pratiquants sont les pires ennemis de l'Église. Ses vrais amis, ce sont les athées comme moi ?

— Si vous participiez à la messe dialoguée, chaque matin à six heures, ici à Saint-Bernard, vous verriez ! On a eu du mal, mais on a quand même fini par y arriver. Et le dimanche à dix heures, la messe chantée. Tout le monde chante, c'est vraiment l'expression de tous, la fête de tout le monde.

— Ce que vous me dites, c'est comme si vous me héliez d'une autre planète.

— Ce n'est pas commode de se mettre dans la peau d'un incroyant quand on a été nourri dans la foi depuis la mamelle. Patience.

La nuit, je songeais. Il était certain que la croyance en Dieu faisait de l'univers une échelle satisfaisante. De l'amibe à Dieu, en passant par moi, la progression semblait inéluctable. Dieu, moi suprême. Dieu m'était intérieur. Dieu, en moi contenu comme un de mes organes, comme le viscère essentiel, se confondant avec ma vie, dominait pourtant mon être à moi-même incompréhensible, comme l'hypnotiseur son patient.

De : « Je pense, donc je suis » à : « Je pense Dieu, donc il est », il n'y a qu'un pas glissant. N'en est-il pas de Dieu comme d'une construction mathématique ? La concevoir, c'est la créer. Mais la créer, n'est-ce pas uniquement découvrir qu'elle existait ? Dans le domaine spéculatif, il n'y a pas de différence entre l'existence virtuelle et l'existence. Pouvoir exister, pour un être incorporel, c'est exister. Si Dieu est, *alleluia* ! S'il n'est pas, construisons-le.

Dieu devenait une question de préférence personnelle. Dans le problème vital, l'inconnu pouvait prendre plusieurs valeurs, dont l'une était Dieu. Des raisons empiriques devaient déterminer la valeur à retenir : Dieu était-il l'hypothèse la plus féconde ? Pour moi, peut-être. Mais il aurait dû l'être pour toute mon espèce.

Mes discussions avec Morin étaient déconcertantes : je me précipitais comme un bélier. L'obstacle se dissipait au moment où je croyais l'atteindre.

Emportée par mon élan, je tombais, et ne savais plus où j'étais. Je me perdais, faute d'adversaire.

Le Christ dit : « Jugez l'arbre à ses fruits. » Morin m'apparaissait comme un fruit sans défaut. Mais que penser, Jésus, quand le même arbre porte à la fois des fruits nourrissants et des fruits vénéneux ?

— Je suis plus malheureuse que jamais, depuis que je parle avec vous de ce qui m'intéresse, dis-je à Morin. Je ne peux pas m'empêcher de lire les livres que vous me prêtez, et pourtant je vois bien qu'ils me font du mal, ils me tuent. Je suis tourmentée, traquée, persécutée. Je sens que je ne devrais plus jamais venir chez vous, et je ne peux pas me passer d'y venir.

— Nous, on appelle ça : le travail de la grâce, m'informa Morin d'un ton indifférent.

CHAPITRE VI

Une partie de mon grenier était encombrée de gravats. Je décidai de profiter du lundi de Pentecôte pour les enlever. J'entassai plâtras et briques cassées dans une caisse, que j'allai vider dans la cour. Après avoir ainsi descendu plusieurs fois les six étages avec mon chargement, je dus me reposer. Je m'assis dans le grenier, sur une malle. C'est alors que se produisit la catastrophe. « Je me convertirai demain », annonça en moi une voix inflexible, désespérée et inaccessible à la raison. C'était comme si un étrangleur, surgi soudain, m'avait prise à la gorge. Atterrée, je sentis m'être arraché plus que la vie : je cessais d'être moi-même. Je perdais à jamais personnalité, indépendance, sérénité. Tout était anéanti. Il allait falloir s'avancer seule dans le désert sans fin. Demain, j'endurerais ce supplice : je ferais connaître aux autres ma conversion. Ma ruine entraînait celle de mon enfant. Nous allions devoir cheminer désormais toutes deux sans précautions, ni provisions.

Pourquoi suivre le Christ, puisque je doutais de lui ? Pourquoi sacrifier tout à rien ? « Pas moyen d'y échapper », fut ma seule réponse.

De même qu'enfant, j'étouffais ma toux et qu'elle finissait cependant par éclater, affreuse, devant ma mère, de même, aujourd'hui, la conversion, longtemps retenue, rompait les digues. Barny avait une attaque. J'étais victime d'un mal aussi grave que l'aliénation mentale. Pourtant, mes facultés demeuraient intactes. J'assistais, je procédais à mon inhumation. J'essayai de trouver quelque appui dans la parole de Claudel : « Ce n'est pas l'affaire de l'estomac de comprendre la nourriture, mais de la digérer. » Il y a des chrétiens heureux, qui mènent une vie normale, me dis-je. Mais je restai insensible à mes consolations : entrer dans l'Église, c'était m'emmurer vive. Accablée de honte, je me souvins d'une phrase entendue autrefois : « Il n'y a plus que des invertis ou des convertis. »

Quel que pût être le contentement intérieur de Morin, j'étais sûre qu'il accueillerait mon retour à la religion par des sarcasmes. J'achevai dans une sorte d'agonie le déblaiement du grenier.

— Monsieur l'abbé, je voudrais vous dire quelque chose, articulai-je avec difficulté.

Il leva vers moi des yeux attentifs.

— Voilà. Je suis flambée.

— Vous êtes flambée ?

— Oui, je me convertis. Je suis à vos ordres.

Morin parut consterné. Il demanda avec sollicitude :

— Qu'est-ce qui vous est arrivé ?

— Rien. Je vais devenir, ou redevenir, catholique.

— Pourquoi ?

— Je suis acculée, je me rends.

— Vous êtes peut-être un peu trop fatiguée, ou sous-alimentée, ces temps-ci.

— Non, je ne suis pas fatiguée et on vient de toucher des pommes de terre.

— Pourquoi est-ce que vous voulez vous convertir ?

— Je ne veux pas, je suis obligée.

— Qu'est-ce que c'est, pour vous, une conversion ?

— Se mettre à suivre les préceptes du Christ.

— Quels préceptes ?

— Être toujours pauvre. Se mettre à aimer les gens, faire le maximum pour eux, renoncer à soi-même et à ses intérêts, prier Dieu, recevoir les sacrements, entrer dans l'Église, enfin.

— Il vaudrait mieux que vous réfléchissiez avant de prendre une décision qui engage toute la vie.

— Ce n'est pas une décision. Je n'ai pas le choix.

— Il vous semble que vous n'avez pas le choix parce que vous êtes un peu nerveuse et exaltée.

— Oh ! non, j'étais d'un calme, dans le grenier toute seule.

— Et qu'est-ce qui est arrivé, dans le grenier ?

— Il n'est rien arrivé du tout, au contraire : tout a été fini.

— Comment ça ?

— Comme quand l'arsenal a sauté.

— Elle est complètement braque, cette fille, murmura Morin.

— Croyez bien que si je me convertis, c'est à mon corps défendant.

— Voilà une possédée, s'extasia le prêtre. Il va falloir que je vous exorcise.

— Monsieur l'abbé, vous qui, naturellement, avez agi en tout point de manière à me christianiser, on dirait que maintenant vous voudriez réellement m'empêcher de suivre votre Seigneur.

— Pourquoi est-ce que vous le suivriez ?

— Parce que je ne suis pas sûre que ce qu'il a dit était faux.

— Vous allez vous empoisonner l'existence, vous allez gâcher votre vie.

— Oui. C'est vrai. Vous, vous dites cela pour m'éprouver, c'est évident. Mais moi, je sais bien que rien ne m'est jamais arrivé, ni ne pouvait m'arriver de pire.

— Vous n'avez jamais pensé à devenir protestante ? Ils sont souvent merveilleux, ces gens-là.

— Pourquoi est-ce que vous vous moquez de moi à ce point-là, monsieur l'abbé ?

— Je ne me moque pas, je dis ce qui est.

— C'est impossible pour moi de devenir protestante, puisque le Christ a fondé une seule Église, avec Pierre à sa tête. Pour être fidèle au Christ, il faut rester dedans, même si elle est pourrie. Il a dit que les forces de l'enfer ne prévaudraient pas contre elle. Moi, je trouve qu'elles ont prévalu, seulement ce n'est peut-être pas définitif, pas total. Et puis, il y a une raison plus grave encore qui fait que les protestants, même s'ils sont des saints, ne seront jamais des chrétiens.

— Quelle raison ? J'ai l'impression que vous battez un peu la campagne.

— La raison, c'est que le Christ a dit : « Ma chair est vraie nourriture et mon sang est vrai breuvage. » Et les protestants ne croient pas à cette affirmation du Christ, ils nient la présence réelle. Ils font partie des disciples qui ont dit : « Cette doctrine est dure ! Qui peut l'écouter ? » et à qui Jésus a demandé : « Cela vous scandalise ? » Les protestants ont accompagné ces disciples-là, qui sont retournés en arrière et ont cessé de marcher avec le Christ, ce qui évidemment était beaucoup plus sage. Les protestants sont bien trop raisonnables pour être chrétiens. C'est malhonnête d'avoir fait de la communion une simple commémoration. Comme si le Christ était un amateur de souvenirs !

« Par goût personnel, je préférerais de beaucoup le protestantisme : il est moins choquant et moins encombrant. Le protestantisme, c'est déjà presque la laïcité.

— Alors, pratiquement ?

— Il faut que je me confesse pour pouvoir communier. Est-ce que je suis obligée d'aller à l'église de ma paroisse ?

— Non, vous pouvez venir à Saint-Bernard.

— Est-ce que ce serait vous...

— Oui, il vaudrait mieux, puisqu'on se connaît. Je confesse les lundi, mercredi, vendredi et samedi de cinq heures et demie à sept heures et demie ou huit heures, ou alors le matin avant les messes.

Le dégoût me submergea.

— Je viendrai demain soir, annonçai-je en me levant.

— Si vous voulez, répondit Morin. Si vous ne venez pas, ça ne fait rien.

Sur le palier, il dit, en guise d'adieu :

— On aura tout vu.

Il ressemblait, dans sa souquenille noire, à un merle moqueur.

Je ne pouvais aborder mes camarades en claironnant ma conversion, et je n'avais cependant pas le droit de la leur laisser ignorer. La seule solution était de me pendre une croix au cou. Les autres s'étonneraient, railleraient : je leur ferais alors part de mon revirement.

Je passai en revue toutes les croix de toutes les bijouteries, mais elles étaient trop chères. Le Grand Bazar du Travail des Prisons disposait de croix en strass, dont la vulgarité n'eût pas fait honneur au Crucifié. Les Galeries proposaient des croix de cristal, trop discrètes pour l'usage que j'en devais faire. Je battais la ville. Des vitrines d'antiquaires s'ornaient de croix, mais qui tenaient trop du bijou. C'était un outil qu'il me fallait. J'arrivai, harassée, au marché aux puces, et là, parmi des coquillages, des couverts dépareillés, des vieux souliers, sur un lit d'andrinople froissée, je vis la bien-aimée qui m'attendait : elle était grande, martelée, de couleur plombée. Elle coûtait cent quarante francs.

Dès que je la possédai, serrée dans ma main, je lui promis :

— Je te garderai toujours. On m'enterrera avec toi.

Je lui achetai une chaîne chez un quincaillier et aussitôt, dans la rue, je la suspendis à mon cou et la plaçai en évidence sur ma blouse.

— Oh ! la belle croix ! Mais c'est une croix de moine que vous avez là, madame Aronovitch. Où avez-vous déniché cette horreur ?

— Ça date du temps des Croisades, au moins. Faites voir.

— C'est un héritage ?

— On ne vous croyait pas si coquette. Vous cachiez bien votre jeu.

— Vous avez dû vous ruiner pour acheter ça. Vous l'avez trouvée dans une poubelle ?

— Non, pas dans une poubelle. Au marché aux puces.

— Ça vous va rudement bien. Vous avez l'air d'une Boche, avec votre croix gammée.

— Elle n'est pas gammée.

Il me semblait être transportée dans la cour, dite de récréation, de mon enfance, parmi des écolières cruelles.

J'avais lieu d'être satisfaite : ma croix jouait parfaitement son rôle d'hameçon. Mais je me sentais asticot plutôt que pêcheur.

— Pourquoi est-ce que vous vous êtes affublée de ça ? Vous avez fait un vœu ?

— Oui, à peu près.

— Le vœu de chasteté ?

— Je porte cette croix comme signe de ma religion.

— Non ?

— Vous avez retourné votre veste ?

— Oui.

— Vous me dégoûtez, madame.

— Vous êtes folle.

— C'était bien la peine de nous faire tant de beaux discours.

— On ne vous serrera plus la main.

— Bientôt, on va vous voir pousser une auréole et deux petites ailes.

— Ah ! mais c'était la Pentecôte, vous avez été visitée par le Saint-Esprit.

— Oui, répondis-je, ça doit être ça, vous avez raison.

— Attention que le Saint-Esprit ne vous engrosse pas.

Heureusement, Christine Sangredin ni Danièle ne parurent. Elles auraient eu à prendre ma défense, et leur solidarité m'eût été plus pénible encore que ces attaques.

J'allai directement, d'une démarche saccadée, du bureau à Saint-Bernard. C'est insensé, pensais-je, de se persécuter soi-même comme je le fais. Ô Dieu !

L'atmosphère de l'église ne me parut pas la même que lorsque j'y étais entrée pour la première fois : ce soir, elle était expectante, allusive du tambour au chœur, des vitraux au baptistère, dispensatrice d'une alacrité dont seule j'étais exclue. Devant le confessionnal de Morin attendait une file longue comme s'il se fût agi d'une distribution de vivres. Je pris mon tour à côté d'un scout, le visage caché dans les mains. Deux jeunes filles, la tête couverte, l'une d'une fanchon orange et blanc, l'autre d'une fanchon aux motifs identiques, mais verts et noirs, se penchaient sur le même missel. Un Indochinois, sans doute un étudiant, les mains jointes, hiératique, paraissait dans un état de recueillement qui me fit envie. Une femme essayait de faire se tenir tranquille un garçon de trois à quatre ans en lui montrant du doigt une statue de Jeanne d'Arc.

À mesure que l'attente se prolongeait, mon angoisse s'aggravait. Je ne parvenais pas à me préparer. Le petit garçon, à deux mains, envoya des baisers à Jeanne d'Arc. Sainte camarade Jeanne, à l'aide. Morin gardait chaque pénitent un temps fou. J'essayai de compter lentement et régulièrement pour retrouver mon sang-froid.

Nous nous déplacions au fur et à mesure qu'un prie-Dieu devenait libre. Il n'y eut plus que trois personnes devant moi, plus que deux, plus qu'une gamine d'une dizaine d'années dans le confessionnal. Elle frottait ses pieds l'un contre l'autre. J'entendis Morin lui dire :

— Oui, ma poulette.

Elle ne resta que quelques minutes.

— Bonjour, Barny, dit le prêtre en ouvrant le guichet.

— Oh non ! protestai-je.

— Pourquoi est-ce que vous êtes si impressionnée ?

Je fis effort pour le découvrir. Quand j'étais spontanée, j'étais hypocrite. Mon premier mouvement ne venait généralement pas de moi, mais d'un avocat marron. Pour atteindre la sincérité, je devais m'en approcher avec précaution, comme un chat d'un oiseau.

— C'est par vanité que je suis impressionnée, répondis-je.

— Ça va passer, vous allez voir, ce n'est rien du tout. Répétez après moi : Seigneur, éclairez ma conscience, afin que je discerne tout ce qui vous a offensé, et que je l'expie par une humble confession, une vraie contrition et une sincère pénitence.

— Seigneur, éclairez ma conscience, afin que je discerne tout ce qui vous a offensé...

— Et que je l'expie par une humble confession, redit Morin.

— Il faut absolument que je répète ça ?

— Oui, mais prenez votre temps. Rien ne presse.

— Et que je l'expie...

— Par une humble confession, répéta Morin pour la troisième fois.

— Par une humble confession, une vraie contrition, une sincère pénitence, dis-je d'un trait à toute vitesse, en avalant les mots.

— Votre esprit plein de bonté me conduira dans le droit chemin.

111

— Votre esprit plein de bonté me conduira dans le droit chemin.

— Seigneur, vous me vivifierez dans votre équité.

— Seigneur, vous me vivifierez dans votre équité.

— Vos mains sont toujours pures, n'est-ce pas ?

— Non. Non, mon père.

— Votre corps est le temple du Saint-Esprit. Il faut avoir le plus grand respect pour lui. Vous ne trouvez pas ça merveilleux, un organisme humain ?

— Si.

— Alors, il ne faut pas le galvauder. Vous ne serez plus vicieuse ?

— Non.

— Est-ce que vous êtes gentille, au bureau ?

— Les autres me détestent parce que je me suis convertie.

— Et vous, est-ce que vous les aimez ?

— Je n'y arrive pas. Dieu, s'il existe, je l'adore, parce qu'il est parfait et tout-puissant. Mais elles...

— Vous savez ce que saint Jean a dit pour les gens comme vous ?

— Non.

— Il a dit : « Celui qui dit "J'aime Dieu" et qui n'aime pas ses frères, est un menteur. »

Le silence se fit, écrasant, et dura. Morin finit par le rompre en demandant :

— Il n'y a rien d'autre qui cloche ?

— Si.

— Qu'est-ce que c'est ?

— La première fois que je suis venue ici, je me mentais à moi-même en me disant que c'était par dérision. Je crois que j'ai joué une sorte de comédie depuis des mois, que je me suis cachée, que j'ai pris la fuite.

— Ça s'appelle la résistance à la grâce. C'est tout ?

— Oui.

— Pour ces fautes, vous direz simplement, une fois : Mon Dieu, faites que j'aime mon prochain comme moi-même par amour de vous.

La légèreté de cette pénitence m'accabla.

Le dimanche qui suivit, j'allai à la messe dialoguée de six heures à Saint-Mesmin, l'église voisine de mon domicile. Je suivis l'office dans le volumineux missel-vespéral quotidien, tout écorné, dont Morin avait tenu à me faire présent. Je m'approchai avec les autres du banc de communion. *Misereatur tui omnipotens Deus, et, dimissis peccatis tuis, perducat te ad vitam aeternam.* Salut, ô mon dernier matin. *Indulgentiam, absolutionem et remissionem peccatorum nostrorum tribuat nobis omnipotens et misericors Dominus.* Sérénade au bourreau. *Ecce Agnus Dei*, l'Agneau terrible. Je m'en retournai à ma place dépourvue de toute grâce sensible, l'âme

113

désertique, mais scellée, définitivement, je le savais, par le petit cachet blanc.

— Il faut que tu commences à aller au catéchisme, dis-je à France, d'un ton que je m'efforçais de rendre naturel. Elle me rit au nez :

— Il y a longtemps que j'y vais.

— Comment ! Pourquoi ne me l'avais-tu pas dit ?

— T'aurais pas voulu.

— Pourquoi est-ce que les Plantain ne m'ont rien dit ?

— Elles ne le savent pas.

— Quand est-ce que tu y vas ?

— Après l'école.

— Elles ne s'inquiètent pas que tu rentres en retard ?

— Elles croient que j'étais en retenue.

Depuis le départ en vacances de sa mère et de sa fille, Christine Sangredin déjeunait avec moi au restaurant communautaire. Après avoir absorbé la soupe grise, pâturé la naveline ou la raveline, nous allions manger notre dessert sur un banc de la place Saint-Mesmin, en face de l'église.

— C'est chic que tu sois revenue, dit Christine.

— J'en souffre horriblement.

— Oh ! pourquoi ?

— Imagine un escargot arraché de sa coquille,

vivant encore, couvert de plaies qu'il traîne dans la saleté et sur les cailloux.

— Le soleil séchera les plaies, assura Christine avec un rayonnant sourire.

— Toi, lui dis-je, toi capable de vraie fraternité, comment peux-tu être collabo ?

— La France ne peut pas s'en tirer autrement.

— Même si c'était vrai, même si la résistance était vouée à l'échec, même si la collaboration était pour la France le seul moyen de subsister, tu n'aurais pas le droit, toi, chrétienne, d'accepter ce moyen.

— Et pourquoi pas ?

— Parce qu'il vaut mieux que la France crève plutôt que de vivre en état de péché mortel.

— Oh ! dis, ce n'est pas parce que la France accepte la collaboration comme un moindre mal qu'elle est en état de péché mortel.

— Si, puisqu'elle accepte qu'on déporte et qu'on tue des gens qui n'ont rien fait, comme le frère de Sabine, par exemple, entre autres milliers.

— En résistant, on s'attire des représailles, c'est tout ce qu'on y gagne.

— Autrement dit : toi, catholique, tu consens à ce qu'on passe ma fille dans la chambre à gaz pour que la tienne garde son quart de lait ?

Christine parut ébranlée. Elle demanda :

— Tu trouves qu'il faut sacrifier la vie des siens même si ça ne sert à rien ?

— Ceux qu'on embarque sont les tiens autant que les autres.

— Des youpins surtout.

— Justement. Notre Seigneur est un youpin.

— Nous, à la maison, d'être sûrs que les maquisards feraient mieux de rester tranquilles, ce n'est pas ça qui nous empêche d'être chrétiens : l'autre jour, maman en a soigné un qui était blessé au bras et elle lui a réparé ses vêtements.

— Je ne comprends pas, dit Christine, que ça ne te donne aucune joie de pratiquer.

— Au contraire, ça m'enlève de la joie ; ça me fatigue, ça me prend, je n'ose pas dire : ça me perd du temps, ça me demande toutes sortes d'efforts : d'attention, de recueillement, d'acquiescement, de renoncement, de luttes contre le respect humain, le dégoût, etc.

— Tu as la foi, pourtant, puisque tu t'es convertie.

— Ç'a été une impulsion comme physique. Ma foi, elle est surtout faite, je crois, de doutes contradictoires qui se neutralisent. C'est une foi de dernier ordre.

— En somme, quand tu vas à l'église, c'est comme si tu faisais des heures supplémentaires ?

— Non. C'est drôle, bien que je ne m'aperçoive pas que la communion m'apporte autre chose que dérangement, pourtant, c'est idiot, quand j'ai communié, je pense chaque fois avec inquiétude : « Dire qu'il va falloir attendre toute une semaine avant de recommencer. »

— Pourquoi attends-tu une semaine ? Pourquoi ne vas-tu pas communier en semaine ?

— Il ne manquerait plus que ça.

— Moi, j'y vais bien deux ou trois fois par semaine. Pourquoi est-ce que tu n'irais pas ?

— Tu crois ? demandai-je, hésitante.

Rentrée chez moi, l'envie me prit de suivre, et même de dépasser le conseil de Christine. Le néant de ma communion dominicale m'incitait à la rendre quotidienne. Sur-le-champ, je m'engageai à participer à la messe et à recevoir l'eucharistie tous les jours de ma vie, sauf cas de force majeure.

« Cela vaut la peine d'être venue », pensai-je le lendemain matin, et les centaines de matins qui suivirent, à Saint-Mesmin. J'aurais difficilement pu dire quelle sorte de bienfait m'apportait l'hostie. Tout, en moi et hors de moi, demeurait inchangé, sans amélioration ni apport. Mais ce critiquable ensemble bénéficiait d'une transposition. Ainsi, un paysage mesquin, des modèles vulgaires, reproduits fidèlement, dans toute leur médiocrité, par un peintre de génie, sont des chefs-d'œuvre ; ainsi nous tous, fixés sur la toile divine, devenions beauté. C'était là la vie éternelle, commençant à l'instant. Telle qu'en moi-même enfin...

Ma joie croissait comme un enfant qui grandit, *Introïbo ad Deum qui laetificat juventutem meam*, exultais-je. J'étais la goutte d'eau vinifiée.

Quand Morin sut que j'allais chaque jour à la messe, il leva les yeux au ciel et dit :

— Sainte fille, va ! Complètement confite en dévotion, maintenant. Et alors, pratiquement ?

J'allais une fois par semaine chercher un journal clandestin, ronéotypé, chez Lucienne Bernhardt. Je le faisais circuler au bureau et, quand on l'avait lu, je le reportais chez Lucienne. Mais, même avant ma conversion, j'aurais effectué cette navette. Je voyais d'ailleurs autour de moi des incroyants risquer bien plus. À la nuit tombante, Lucienne allait couvrir un pylône près de chez elle de croix de Lorraine et d'inscriptions à la peinture noire : « Demain 1918 », « Libération » et « Mort aux nazis ».

Un de ses voisins, un gamin de quatorze ans, transportait des balles dans le guidon de sa bicyclette.

J'apportais bien, de temps en temps, une part de mes rations à mes camarades, mais, pour les décider à accepter, je devais recourir au mensonge :

« Je n'ai jamais pu supporter les œufs de conserve » ou : « L'huile officielle, je vous assure que je n'en ai pas besoin, mes amis m'ont donné un litre d'huile de noix. »

Ces offrandes assaisonnées de fictions ne devaient guère plaire au Christ.

Le soir, je faisais ruisseler sur moi la chaste eau froide. Toute vibrante d'hosanna, je me couchais, les bras croisés au-dessus du drap pareil à une nappe de communion. Il m'arrivait de continuer à prier en dormant. Ces oraisons de rêve l'emportaient encore en ferveur sur les prières du jour, comme les fleurs d'altitude surpassent par leur éclat celles de même espèce croissant dans la plaine.

Après la messe, je faisais une demi-heure de gymnastique, pour entretenir l'outil que m'avait prêté Dieu.

Je me contraignais à ne descendre de bicyclette à aucune côte, si raide fût-elle.

Le dérisoire, le burlesque de mes sacrifices me tracassait. A-t-on tué le vieil être parce qu'on mène une vie tenant à la fois de celles du mystique et du coureur cycliste ?

Non seulement ma conversion ne suscitait chez moi aucune action appréciable, mais parfois elle me rendait pire qu'avant. Ainsi, quand on m'offensait, du temps de mon athéisme, je laissais éclater ma colère, à moins que la peur ne l'emportât. Maintenant, je répondais par un sourire que je souhaitais suave, mais qui fit dire à une de mes collègues :

— Vous, quand je vous vois avec votre sourire, je crois que je vais attraper une crise.

Et elle fit un amer rictus, qui était, me dit-elle, l'exacte reproduction de mon sourire.

Je racontai l'incident à Morin, qui s'en amusa.

— Quand on n'a pas encore l'habitude, dit-il, nos efforts sont un peu grimaçants. Peu à peu, ça devient plus aisé.

— En tout cas, pour le moment, je me sens comme Byron enfant quand il est devenu lord : il s'étonnait de se trouver pareil à ce qu'il était avant.

— Vous n'êtes pas devenue lord, vous êtes entrée en apprentissage.

— Oui, mais l'apprentie que je suis n'agit pas de manière suffisante pour devenir jamais ouvrière qualifiée.

— Un vrai chrétien ne se préoccupe pas tellement de son salut, ni de sa sanctification. C'est l'affaire de Dieu.

— Alors de quoi donc se préoccupe-t-il, votre vrai chrétien ?

— Des autres.

— Justement, je l'ai lu dans saint Paul : rien de ce que je fais, de ce que je pourrais faire, ne saurait être accepté par Dieu, puisque je n'ai pas un atome de charité.

— Ça viendra, répondit Morin.

CHAPITRE VII

J'étais aidée, au bureau, dans mon triage de copies, par une jeune fille de dix-huit ans d'une beauté fruste, Arlette. Ses dents, splendidement blanches, choquaient par leur largeur. Ses lèvres, naturellement vermeilles, manquaient de précision. Son nez « pétait aux anges » ou « jappait à la lune », comme elle-même disait. Ses brillants yeux noirâtres descendaient. Sa peau était très blanche, sauf aux joues, qu'elle avait rouges. Elle cachait sous sa luxuriante chevelure sombre ses grandes oreilles décollées et non ourlées.

Arlette aimait montrer la trace, sur chacune de ses deux petites mains aux doigts courts, d'un auriculaire surnuméraire dont elle avait été amputée quelques jours après sa naissance.

— Le professeur Gros les conserve dans l'alcool, répétait-elle non sans fierté.

Je me demandais s'il fallait rattacher à ce sexdigitime le très bas niveau d'intelligence chez Arlette. Tout en se glorifiant d'être une catholique pratiquante, elle faisait chorus avec les autres pour accabler de sarcasmes mon retour à l'Église et cette Église même. Un soir, je lui fis un bout de conduite et lui demandai comment elle conciliait sa foi et son attitude irréligieuse.

— Oh ! avec moi, vous savez, faut pas chercher à comprendre, répondit-elle.

En revenant de l'enterrement du père d'une de nos collègues, Arlette s'écria avec un vrai enthousiasme :

— N'est-ce pas que madame Aronovitch était épatante dans l'église ? Vous aviez un joli air pieux, vous étiez sage comme une image. C'est drôle, vous aviez plus la même tête qu'ici. J'ai fait que vous regarder tout le temps.

Un moment plus tard, Arlette se jetait sur moi et m'arrachait mon stylo en criant :

— Voleuse ! C'est le mien que j'ai perdu à la poste, je le reconnais.

Un moment plus tard encore, elle me faisait promettre de l'accompagner aux Galeries le samedi suivant pour l'aider à se choisir une robe.

Arlette était douée d'une prodigieuse mémoire. Après que j'eus lu à mes camarades *Les deux saintes de la patrie* de Péguy, dont elles dirent : « C'est tout de même bien. C'est rudement bien. » Arlette répéta mot pour mot, sans aucune faute, reproduisant jusqu'à mes intonations, ce poème qu'elle n'avait jamais eu sous les yeux. Elle conclut :

— J'y ai rien compris du tout.

Arlette, obsédée par le désir du mariage, se préparait un trousseau avec des dessous boutonnés devant pour pouvoir allaiter. Elle se croyait toujours suivie dans la rue et considérait comme ses soupirants des garçons qui ignoraient jusqu'à son existence.

Elle devint une fois écarlate de plaisir en voyant le charbonnier passer devant nos fenêtres. Pointant l'index vers lui, elle cria :

— Il a des belles dents !

— Elle a le feu où je pense, opinaient les autres.

— Si elle ne trouve pas vite à se marier, ça fera du vilain.

— Elle peut en devenir folle.

Plusieurs jeunes gens, attirés par l'éclatante fraîcheur d'Arlette, l'avaient vite délaissée, la trouvant plus sotte que de raison, et elle passait des dimanches à pleurer. Il me semblait que Morin pourrait peut-être lui rendre service. Je lui proposai de m'accompagner chez un prêtre qui s'intéressait tout spécialement aux jeunes. Elle devint cramoisie et demanda :

— Il est jeune, lui ?

— Oui.

— Quel âge il a ?

— Le même âge que moi.

Arlette devint encore plus rouge, protesta qu'elle avait peur, et puis que ça lui porterait malheur, et que son père lui botterait les fesses s'il apprenait qu'elle était allée voir un ratichon. Sans que j'aie eu le temps de placer plus de quelques monosyllabes pour la rassurer, elle demanda :

— Alors, quand est-ce qu'on y va ?

Avant de s'engager dans l'escalier de la cure, Arlette tira de son sac un petit miroir dont l'envers représentait la tête d'un chanteur à la mode. Elle aviva d'un coup de dents l'incarnat de ses lèvres, rebroussa ses cils d'un index humecté de salive, rectifia l'ordre de sa chevelure semblable à des grappes de raisin noir, et fit bouffer le jabot de son corsage.

Morin, l'air sévère, nous fit entrer sans autre parole que :

— Venez.

Comme nous traversions le vestibule derrière lui, Arlette me chuchota à l'oreille :

— Il est beau.

Cette petite phrase impudente me fit l'effet d'une révélation. Je considérai Morin comme nous nous asseyions, Arlette en face de lui, devant son bureau, moi un peu à l'écart. Était-ce le respect qui, jusqu'alors, m'avait rendue aveugle à la beauté de ce jeune homme ? Sa séduction semblait tenir, plutôt qu'à tel élément en particulier, à un ensemble de contrastes, un air de chemineau princier, d'ascète rieur, de main de fer dans un gant de velours, de sapience juvénile.

Morin baissa ses grandes paupières, qui me firent penser à des coquillages d'une mer lointaine, et il devint une austère statue.

Je me demandai avec une ombre d'inquiétude s'il n'y avait pas péché à me délecter ainsi du physique de mon confesseur. Mais non, me rassurai-je, quel mal pourrait-il y avoir là ? On nous laisse comprendre, dans l'Évangile, que Jésus était beau. La beauté est un don de Dieu. Merci, Seigneur, d'avoir fait de votre serviteur Morin une œuvre accomplie.

L'enfantine femelle que j'avais amenée s'était étonnamment métamorphosée : toute sa sottise envolée, elle expliquait à Morin qu'elle avait jusqu'à présent pratiqué le catholicisme surtout par routine, mais qu'elle commençait à éprouver le besoin d'approfondir ; que l'aîné de ses frères traversait une crise religieuse, qu'elle aurait voulu pouvoir l'éclairer ; qu'elle se sentait faite pour se marier et avoir de nombreux enfants, élevés convenablement et non poussés au hasard comme ç'avait été le cas pour elle et ses frères.

C'est par transmission de pensée qu'Arlette se montre réfléchie, me dis-je. La puissance d'accueil de Morin est telle qu'il rend un peu semblables à lui ceux qui l'approchent.

L'air prodigieusement intéressé par ses propos raisonnables, mais quelconques, Morin faisait parler Arlette plutôt qu'il ne lui répondait.

125

— Je ne communie pas souvent, dit-elle : ça ne m'apporte aucune joie.

— Et vous croyez que ça m'en apporte, à moi ? s'esclaffa Morin. Il ne faut pas demander à la communion autre chose que ce qu'elle doit donner.

Prétextant des courses, je laissai la jeune fille seule avec le prêtre.

Quand je la revis le surlendemain, elle m'annonça, radieuse, qu'elle retournait chez Morin le samedi suivant. Il lui avait prêté un livre qui me parut fort ardu pour elle, *Le beau risque de la foi*. Elle devait lui en faire un résumé. Au départ, il lui avait dit :

— Au revoir, petit papillon.

Quelque temps plus tard, j'entendis Sabine remarquer :

— Arlette est en train de sortir de la chrysalide.

Une autre employée du bureau nous conta en riant qu'une sienne amie, délaissée par son fiancé, avait trouvé devant sa porte une gerbe de branches de saules pleureurs, déposée par la jeunesse du village.

— C'est l'habitude, chez nous, quand ça casse, dit-elle.

Christine Sangredin était bien, elle aussi, une cruelle bouquetière de saules, et une fille des brûleurs de loups. Chez Morin lui-même, le pays avait marqué son empreinte : la charité de ce montagnard était dure comme le blizzard, son austérité

126

et sa vive gaieté semblables à ce climat de soleil et de glace.

— Vous ne voulez pas vous déguiser en prêtre ? demanda Morin à Christine.

— Si ça peut vous être utile.

— Je crois bien ! Il y a une milicienne qui s'est fait descendre et elle ne trouve rien de mieux que de se faire enterrer à Saint-Bernard. Il ne nous manquait plus que ça.

Christine, portant de lourds paquets sur la tête, claironna avec une bonne humeur appuyée, peut-être née de l'amertume :

— Je fais un travail de tête, un travail hautement intellectuel.

Sachant l'aversion que j'éprouvais pour ma tâche, qu'à la rigueur une machine eût pu accomplir, Christine me dit :

— Pauvre orgueilleuse, qu'est-ce que ça peut faire, que vous fassiez ça ou autre chose ?

— Vous n'avez donc jamais lu quelque part que la lumière ne devait pas être cachée sous le boisseau ? demandai-je.

Christine s'esclaffa :

— Vous vous prenez pour de la lumière ?

127

— Oui. Et on m'arrachera sûrement de sous le boisseau, on m'a promis : « Il n'y a rien de secret qui ne finisse par être connu et ne vienne au grand jour. »

Ces paroles n'éveillèrent aucun écho chez Christine et, jouant l'inquiétude, elle posa la main sur mon front.

Christine avait une amie, Marion Lamiral, piquante brunette en instance de divorce, qui venait quelquefois la chercher au bureau. Marion soutenait le moral de cinq amants, deux dans la Résistance, un dans la milice, un dans le marché noir, le dernier en date, un Allemand. Employée de banque, elle ne disposait que d'un temps restreint pour servir à la fois la France combattante, celle de Vichy, et le Reich ; elle avait du mal à combiner ses rendez-vous. Cette éclectique jeune femme s'adonnait également au trafic de l'or.

— Je voudrais bien faire sa connaissance, dit Morin.

Christine la lui amena.

— Il vous manque une boucle d'oreille, dit-il en la faisant entrer.

— Ah ! oui, répondit Marion, c'est parce que j'ai oublié de la remettre après avoir téléphoné.

Il ne tarda pas à lui demander son âge :

— Vingt-six ans aux cerises, dit-elle.

— Ça m'en avait bien l'air, se réjouit-il : on est conscrits.

— Leurs conversations sont tout ce qu'il y a de plus laïque, me racontait Christine. Ils bavardent à bâtons rompus.

— De quoi est-ce qu'ils parlent ?

— De la pluie et du beau temps. L'autre jour, ils ont eu toute une discussion sur la césarienne. C'est l'abbé qui a mis Marion au courant, elle ne savait pas qu'on ne pouvait couper que trois fois.

— L'abbé est allé voir le mari de Marion, dit Christine.

— Pour quoi faire ?

— Pour lui demander de la reprendre.

— Il a accepté ?

— Penses-tu ? C'est déjà beau qu'il l'ait bien reçu, lui qui a une sainte horreur de la calotte.

— Marion a le béguin pour l'abbé, m'annonça Christine avec un bizarre sourire.

Une telle monstruosité me laissa sans voix.

— Elle dit qu'elle l'aura, poursuivit Christine.

— Tu comprends une chose pareille, toi ?

— Pour moi, je ne la comprendrais pas, ça ne pourrait pas m'effleurer. Je pourrais jamais

129

oublier qu'un curé, c'est un type consacré. Mais pour Marion, il n'y a pas de différence, il n'y a pas de sacrilège. Pour elle, c'est un homme. Elle le veut.

— Elle s'imagine vraiment qu'elle pourra l'avoir ?

— Elle en est sûre. Elle n'a jamais rencontré d'échec dans ce secteur-là.

— Vous devriez vous faire curé de campagne, dit Marion à l'abbé. Je serais votre bonne.

— Ça serait une idée, sauf que les bonnes de curés doivent être vieilles et laides. D'ici quelques années, ça pourrait aller.

— Je voudrais vous faire les yeux doux.

— Jamais vos yeux ne me paraîtront doux.

— Parce que ça vous est défendu ?

— Non. Je ne voudrais pas vous faire de peine, mais vous avez un regard qui n'est pas très beau.

— C'est parce que je ne me suis pas mis de khôl, ni de rimmel aujourd'hui. J'en mettrai la prochaine fois.

— Ah ! cervelle d'oiseau, dit Morin. D'ici la prochaine fois, on vous aura peut-être réglé votre compte.

— Marion vient de recevoir un billet doux, m'informa Christine.

— D'un sixième ?

— De l'abbé. Il l'appelle « ma très chère fille », il lui met : « C'est fou, l'amour que le Christ a pour vous. Vous êtes parmi ses préférés. » Il lui parle du ciel qui est surtout pour elle. Elle était dans un état, elle ne s'attendait pas à celle-là.

À Saint-Bernard, où j'étais allée pour me confesser, je vis, agenouillée à quelques rangs devant moi, vêtue de rouge sombre, Marion Lamiral. Elle semblait une figure sainte descendue d'un vitrail, tant était grand son recueillement. Les gants grenat posés sur l'accoudoir à côté de ses mains jointes paraissaient une peau de serpent abandonnée. Son visage petit, dense et pâle sous l'auréole sanguine du feutre, me fit penser à ces têtes que les bienheureux décapités tiennent à la main.

Marion de l'or, Marion des cinq amants entra dans le confessionnal. Son sac, oublié sur le prie-Dieu, avait l'air d'un morceau de viande.

Marion réapparut, légère comme une fée, et alla se prosterner.

— Dieu bien-aimé, suppliai-je, donne-moi de prier comme Marion. Et avec Marion.

— Hier, j'ai vu Marion à Saint-Bernard. Elle s'est confessée, dis-je à Christine.

— Oui, mais ça en restera là. Il ne faut pas se faire d'illusions.

En effet, quelque temps plus tard, Marion quittait la ville avec un nouveau protecteur.

Comme je montais son escalier, Morin parut sur le palier, et me regarda fixement, de derrière ses yeux, semblait-il. Cet ultra-regard m'impressionnait autant que si je m'étais sentie observée par l'étroit ventail d'un heaume. Le regard de Morin avait tant de recul et de profondeur qu'il ne paraissait pas lui être personnel. On me regardait par ses yeux.

« Il sortait, pensai-je, il vaut mieux que je m'en aille. » Mais je ne pouvais faire demi-tour sans rien dire, et je ne voulais pas parler dans l'escalier. Je continuai à gravir les marches avec une telle lenteur qu'elle en devint presque de l'immobilité.

— Cela vous dérangerait de vous presser un peu ? demanda Morin, et son visage refléta une gaieté qui venait de loin.

Je bondis, et vins tomber dans ses bras. Il me secoua en disant :

— Vous ne savez plus marcher, à présent ?

Il me poussa dans le bureau, en passant devant le piano plaqua un accord, et m'informa :

— Cette nuit, du clocher, on a tiré sur Beauregard.

Beauregard était un hôtel à côté de l'église, réquisitionné par les miliciens qui y vivaient, avec leurs familles, sur le pied de guerre.

— Vers les une heure, raconta Morin, on crie de la rue . « Curé, hé, nom de Dieu, curé, descends. » Je suis descendu, en y mettant le temps. Le clocher était éclairé. Il a fallu ouvrir l'église, on a grimpé là-haut.

— Alors, ceux qui tiraient ?

— Envolés.

La plupart de mes griefs contre le catholicisme subsistaient malgré ma conversion.

— Vous interdisez aux fidèles de lire la Bible, reprochai-je à Morin.

— Oh ! bien sûr, on l'interdit ! s'exclama-t-il. On fait tout ce qu'on peut pour la répandre, au contraire.

Il alla vivement dans sa chambre, et en rapporta une grosse bible brochée, sur laquelle il me montra l'imprimatur. Il l'ouvrit, apparemment au hasard, et lut :

Jugez, je vous prie, entre moi
et entre ma vigne !
Qu'y avait-il de plus à faire à ma vigne,
Que je n'aie pas fait pour elle ?
Pourquoi ai-je attendu qu'elle donnât des raisins,
Et n'a-t-elle donné que du verjus ?

Morin tourna des pages, et continua :

Le jour où tu naquis, ton cordon n'a pas été coupé,
et tu n'as pas été baignée dans l'eau pour être purifiée ;
tu n'as pas été frottée de sel, ni enveloppée de langes.
Aucun œil n'eut pitié de toi pour te rendre un seul de
ces soins, par compassion pour toi ; mais on te jeta, par
dégoût de toi, sur la face des champs, le jour de ta nais-
sance.

Je passai près de toi et je te vis te débattant dans ton
sang. Je te baignai dans l'eau, et je lavai ton sang de
dessus toi, et je t'oignis d'huile. Je te vêtis de broderie, et
je te chaussai de peau de veau marin.

Un autre soir, je me plaignis à Morin de
l'effrayant :

« Mon Dieu, pourquoi m'avez-vous abandonné ? » du Christ.

— C'est le début d'un psaume, répondit le
prêtre.

Il alla chercher sa bible :

— Voyez, c'est le psaume XXII :

Mon Dieu, mon Dieu, pourquoi m'as-tu abandonné,
loin du salut que j'implore et des paroles de ma plainte ?

Ça continue :

> *Pourtant tu es saint,*
> *tu habites parmi les hymnes d'Israël*

Et puis :

Oui, c'est toi qui m'as tiré du sein maternel,
qui m'as donné confiance sur les mamelles de ma mère.

Ça se termine par un hommage à Dieu :

> *à Yahweh appartient l'empire,*
> *il domine sur les nations.*

Notre-Seigneur, quand il est mort, commençait à dire une des prières des Juifs de ce temps-là, et qui s'appliquait spécialement à lui, puisqu'il y est dit aussi :

> *Ils ont percé mes mains et mes pieds.*
> *Ils se partagent mes vêtements.*
> *Ils tirent au sort ma tunique.*

Il m'apparut merveilleux, écoutant l'Ancien Testament, de connaître le livre même dont s'était nourri le Messie, de partager les lectures du fils de

Dieu. J'avais l'impression de connaître personnellement, de fréquenter actuellement le Christ de chair et d'os, du temps de sa vie terrestre. Par lui, l'Éternel s'était donné une jeunesse. Il avait choisi pour mourir la force de l'âge. Préservé par ce sang de jouvence, Dieu ne vieillirait jamais.

L'aversion avec laquelle Morin parlait « des petites vieilles qui radotent leurs patenôtres » et des « vieux qui retardent le progrès de l'Église » était, en somme, spécifiquement chrétienne.

— Il adore tout le monde, du moment qu'on n'a pas atteint l'âge canonique, dit Christine.

— Et quand il l'aura atteint, lui ? demandai-je.

— Oh ! non, protesta mon amie d'un ton optimiste, il ne fera pas de vieux os, ça se voit tout de suite.

Insensiblement, la vie entière, jusque dans ses détails les plus triviaux, se divinisa. Le tampon encreur, le timbre dateur, l'agrafeuse, le balai, le fer à repasser, le couteau de cuisine devinrent des objets saints, compagnons et auxiliaires de ma rédemption. Arracher la page du calendrier fut un hommage au Créateur : je lui offrais la veille et le jour, l'invoquais, le remerciais qu'un pas nous eût rapprochés de lui.

Les maisons rompirent leurs amarres, prirent la haute mer. Peines et joies chantèrent, à deux voix, le même psaume. Tout devint significatif.

— Je vais vous montrer quelque chose de bien, dit Morin en sortant de son bréviaire une petite feuille qu'il me tendit. Elle portait les mots, dactylographiés :

« Le Veau d'Or se porte bien, grâce à vos soins, et les marchands chassés du temple n'ont pas tardé à y rentrer. Vendeurs d'illusions, bonimenteurs, charlatans, trafiquants de la crédulité populaire, chiens de garde du capital, larbins de la bourgeoisie, vous n'en avez plus pour longtemps. »

Ce message était signé d'un marteau et d'une faucille, dessinés à l'encre rouge.

— D'où vient ? demandai-je avec stupeur.

— D'un tronc.

— Tronc ?

— Oui, à l'église, dans le tronc de saint Antoine, j'ai trouvé ça. C'est épatant. Je vais le montrer au père curé, ça fait du bien à tout le monde, des petites douches comme ça. Dommage qu'on ne puisse pas connaître le type qui l'a écrite, ça doit être quelqu'un de pas mal.

— Vous avez vu, le Clarmont a sauté, dit gaiement Morin.

— Ah !

Le Clarmont était un palace occupé par la Kommandantur.

— Vous n'avez pas vu, en venant ? s'étonna Morin. Je croyais que c'était sur votre chemin.

— Oui, c'est sur mon chemin.

— Et vous êtes passée dans les décombres sans remarquer que le Clarmont n'y était plus ?

— Non, je n'ai pas remarqué.

Morin me regarda avec attention et dit :

— Ça ne va décidément pas du tout.

— J'ai toujours été très distraite.

— Oui, mais à ce point-là, ça ne va plus.

— Qu'est-ce que ça fait ? Pourquoi est-ce que **vous** vous inquiétez de ça, monsieur l'Abbé ? Ce n'est pas un péché de ne pas s'être aperçu que le Clarmont avait sauté.

— Péché ou pas, quand on est dans la lune à ce point-là, ça ne va plus.

En rentrant, je traversai à nouveau la place dont le Clarmont occupait tout un côté. Le palace n'était plus maintenant qu'un monticule noirci, chaotique, hérissé de barres métalliques tordues. Ma récente cécité me troubla. Depuis que j'allais chez Morin, les contingences avaient pris pour moi un aspect négligeable, factice, de décor de photographe. Le prêtre s'était peut-être rendu compte que nos entretiens aggravaient mon inattention au domaine pratique, car il m'avait dit ne disposer d'aucune soirée libre avant six semaines.

Sous le titre *Une baguette... qui n'était pas celle du sourcier*, je lus dans le journal que le curé de Saint-Bernard avait surpris une femme d'aspect honorable en train de pêcher les billets dans le tronc des œuvres paroissiales au moyen d'une baguette enduite de poix. Le curé avait tenté de l'appréhender, mais elle était parvenue à prendre la fuite.

La première fois que je revis Morin, je lui dis le ravissement où m'avait plongée ce fait divers.

— M. le curé ne peut plus courir, dit-il d'une voix pénétrée de regret. Si j'avais été là, je l'aurais bien attrapée, je te lui aurais mis la main au collet.

— Et après, qu'auriez-vous fait de cette dame ?

— Je l'aurais emmenée, je lui aurais payé un verre de chartreuse, on aurait fait la causette.

— Vous lui auriez prêté le Karl Adam, suggérai-je.

Morin ne parut pas entendre. Le regard nostalgique, il murmura :

— Drôle de frangine. J'aurais été bien content de la connaître.

Christine portait des lunettes ambrées.

— Voulez-vous enlever ça, ordonna Morin.

— Et pourquoi ? se rebiffa Christine.

— Il faut que je voie les yeux des gens. Autrement, ça ne va plus.

Il détestait tous les écrans :

— Les piliers, quels poisons, dit-il. Ça empêche les fidèles de voir l'autel. Et cette obscurité, c'est très mauvais. Il faudrait des immenses églises ultra-modernes, inondées de soleil.

— Des gratte-ciel religieux, persiflai-je.

— Non, dit-il. Mais une cathédrale tout en verre, ce serait bien, hein ?

L'horloge de Saint-Bernard avait déjà sonné onze coups depuis un moment, quand retentit le timbre de la porte d'entrée. Morin éclata de rire :

— Ça doit être quelqu'un qui prend la cure pour un garni, et il s'empressa d'aller ouvrir.

Au bout d'un instant, il traversa le bureau à toute vitesse, réapparut avec un matelas dans les bras, disparut, repassa, ressortit une nouvelle fois de sa chambre, les bras débordant d'un oreiller, d'une couverture kaki et de deux draps blancs comme neige.

J'entendis un son de voix, et Morin revint en disant :

— Sur le billard, il sera très bien.

— Qui ?

— Je ne le connais pas, répondit-il avec désinvolture.

Cette même nuit, je rêvai de Julienne Daréï. Dans l'état intermédiaire entre le sommeil et l'éveil, je fus frappée d'une similitude qu'il me semblait avoir cherchée depuis longtemps : la blouse de laboratoire de mon ex-professeur, le col usé de Morin et ses draps étaient du même blanc extrême.

CHAPITRE VIII

En allant voir France le dimanche, je rencontrais presque chaque fois Gilberte Lathuile, qui descendait en ville, et nous échangions quelques mots.

— Elle fait la vie avec les Allemands, me confia Lucienne Bernhardt. On a eu la preuve qu'elle leur donnait des renseignements. À la prochaine descente, elle va être emmenée, et puis fusillée.

— C'est sûr ?

— Sûr et certain, confirma Lucienne, ses petits yeux durs brillant de satisfaction. C'est Pierre qui me l'a dit.

Rencontrer Gilberte me devint une épreuve. J'avais peur que la jeune fille ne lût sa mort dans mes yeux. Il me semblait que mon bonjour allait se terminer en cri.

— Oui, c'est vraiment une belle journée, répondais-je, pensant : « Il ne t'en reste plus beaucoup à vivre, pauvre Folie. »

L'angoisse ne me quitta plus. Il me suffirait d'un

mot pour sauver cette gamine d'une mort sinistre. Des menaces lui feraient certainement cesser toutes relations avec les Allemands. Je communie chaque matin, me disais-je, et je suis complice d'un crime, de l'assassinat d'une fille mineure. «Elle met sa langue dans ma bouche», entendis-je France répéter d'une petite voix craintive et extasiée, et la joie me transperça à l'idée que Gilberte allait expier. Seigneur, ne vous retirez pas de moi.

En confession, j'exposai le cas à Morin.

— Pourquoi votre amie vous a-t-elle fait connaître la décision concernant cette jeune fille ?

— Sans doute par incapacité de se taire.

— Son mari avait besoin de le lui dire, à elle ?

— Non plus.

— Cette affaire ne vous regarde pas.

— Oui, mais je pourrais sauver une vie.

— Vous aimeriez bien sauver une vie pour vous donner de l'importance.

— Oh non, ce n'est pas ça ! À moins que si, peut-être, il y a un peu de ça. Mais c'est surtout cette idée de meurtre par omission.

— Même si vous la préveniez, ça ne suffirait probablement pas pour qu'elle puisse s'en tirer.

— Elle pourrait quitter le village.

— Ça pourrait avoir des conséquences que vous ne prévoyez pas.

— Alors, il faut continuer à lui jouer la comédie ?

143

— Garder une confidence n'est pas jouer la comédie.

— Il ne faut rien dire, rien faire ?

— C'est dur, je sais bien, mais je crois que c'est le rôle que vous devez avoir dans cette histoire. Il y a malheureusement beaucoup d'histoires pareilles en ce moment.

Le dimanche suivant, en passant devant la maison des Lathuile, j'en vis les volets fermés et couverts d'une inscription rouge :

« Ici a été fusillée une traître, qui se vendait aux Boches. »

Tout le monde prétendait ignorer les circonstances de l'exécution. J'appris seulement que les parents de Gilberte avaient quitté le pays.

Morin, dont pourtant chaque journée était consacrée au service de Dieu, ne se laissait décidément pas arrêter par l'interdiction : « Tu ne tueras point. »

L'amoureux de Danièle Holdenberg, Jean-Louis, membre d'un tribunal F.F.I., était allé s'épancher auprès de l'abbé : à dix-huit ans, il avait déjà condamné à mort plusieurs collaborateurs. Il craignait d'être un assassin, il en avait assez, il ne voulait plus continuer.

— Si tu cales, lui dit Morin, tu risques d'être remplacé par un autre moins consciencieux.

Prends tes précautions, vérifie, fais ton devoir d'état. Il n'y a jamais de devoir au-dessus du devoir d'état.

Le bien commun passe avant ta petite sensibilité et avant ta coquetterie morale. Il y a des gens, la meilleure charité qu'on puisse leur faire, c'est de leur brûler la cervelle.

Jean-Louis disait à Danièle :

— Je vois en toi la mère de mes enfants.

La jeune fille, qui n'éprouvait pour lui qu'indifférence, ne le décourageait cependant pas. Elle cultivait en même temps plusieurs autres flirts.

— C'est cochon, ce que vous faites, lui dit Morin. Il faut parler à Jean-Louis.

— Oh non, monsieur l'abbé, ce n'est pas la peine. Je sens, je suis sûre qu'il va bientôt arriver quelque chose qui arrangera tout.

Danièle rêva qu'elle se trouvait dans un champ de boutons de roses et demandait à sa mère :

— Crois-tu qu'ils s'ouvriront ?

Sa faim disparut. « Tu es vernie », lui dirent les autres.

La jeune fille prit froid, s'alita, et des semaines passèrent. On finit par appeler le médecin, qui ordonna une radio.

— Elle y a droit, nous annonça Christine : elle est tutu.

La mère de Danièle supporta stoïquement cette épreuve, mais, son fils ayant toussé, elle pleura toute une nuit.

Danièle reçut des tickets d'alimentation supplémentaires. On lui servit des assiettées de pâtes, qu'elle renvoyait aux trois quarts pleines. La famille se partageait avidement ces restes.

Christine vint accrocher à la tête du lit de Danièle un crucifix en fer-blanc de boîtes de conserve, œuvre d'un prisonnier. Elle supplia son amie de se confesser et de communier.

— Non, refusait Danièle. Se confesser en plein jour, face à face, jamais. Je ne pourrais pas, je ne dois pas, ça me rendrait encore plus malade. Le bon Dieu me comprend.

— Toutes ces grâces que tu perds, déplorait Christine, ménagère économe. Tu as l'avantage d'être clouée ici, alors ça te serait difficile de faire de nouveaux péchés, il faut en profiter.

— J'aimerais mieux mourir que me confesser ici.

— Ça, ça serait le bouquet. En cas, tu ferais mieux de mettre toutes les chances de ton côté.

L'abbé Morin vint confesser Danièle.

— Heureusement que le bon Dieu vous a envoyé ça, lui dit-il, il était temps, vous étiez en train de devenir une petite traînée. Dieu vous montre son amour, répondez-y par la joie et soignez-vous dans un esprit d'obéissance. Vous pouvez être aussi utile qu'une carmélite.

Le lendemain, Morin apporta à la jeune fille la communion et, quelques jours plus tard, elle partit pour le sanatorium.

— Le sacristain n'est pas là, dit Morin à Christine, et il y a un enterrement demain. Vous voulez venir m'aider à accrocher les trucs noirs ?

Après en avoir chassé quelques fidèles intempestifs, Morin s'enferma dans l'église avec la jeune femme. Il grimpa, « comme un chat de gouttière », raconta Christine, tandis qu'elle lui tendait les draperies larmées d'argent.

— Allez me chercher cette croix, là-bas, ordonna-t-il. Non, elle est trop lourde, je descends, je vais la prendre. Et puis si, apportez-la, il l'a assez portée pour vous.

Quand le travail fut achevé, Morin s'agenouilla devant l'autel et récita à haute voix le *Pater*, l'*Ave* et le *Gloria*, Christine, agenouillée un peu en arrière, lui donnant les répons.

— Ça va te paraître ridicule, dit ma camarade, mais ç'a été un des plus beaux jours de ma vie. On ne peut pas expliquer.

— Je comprends.

— Il reçoit des grâces, c'est comme tangible.

— Oui, c'est visible.

— J'en arrive à me demander, dit Christine, baissant la voix et hésitant devant l'énormité qu'elle allait avancer, des fois je me demande si ça ne serait pas un saint.

Ce dernier mot avait, pour cette catholique invétérée, un sens aussi précis qu'un verdict d'assises.

— Il m'arrive quelque chose d'affreux, dit Christine, ôtant précipitamment sa blouse et enfilant sa robe.

Son beau-frère et sa belle-sœur étaient partis à pied de leur village d'altitude pour aller voir des parents dans un autre village, à quelques heures de marche. Huit jours plus tard, ils n'étaient pas arrivés. La grand-mère chargée de garder leurs enfants pensait qu'ils avaient prolongé leur séjour, les parents leur en voulaient de ne pas être venus.

On organisa des battues dans la montagne. Christine allait chaque matin passer en revue les nouveaux arrivés à la morgue, dont elle nous faisait le portrait avec un humour mêlé de piété. Elle consacra un dimanche à rentrer la provision de bois de son beau-frère, qu'il lui semblait entendre rire derrière son dos.

Un matin, elle annonça :

— On les a retrouvés, et arrêta net les congratulations : Leurs corps, pignoufs. Dans un ravin.

— Un accident ?

— Accident ! ricana Christine. C'est les gaullards.

148

Le beau-frère Sangredin, quand on lui reprochait d'avoir, à vingt-cinq ans, trois enfants, répondait :

— Aux petits des oiseaux Dieu donne la pâture.

Christine monta chercher la cadette, âgée de deux ans, qui était sa filleule. Betty Sinant, logeuse de la grand-mère, entendit à travers la cloison une scène violente, Christine criant :

— Je veux faire mon devoir de marraine et je le ferai.

La grand-mère :

— C'est à moi que mes trois petits-enfants ont été confiés, ce n'est pas vous qui pourrez me les enlever.

— Où est-ce que vous les prendrez, les sous pour en nourrir trois ? Je ne vous demande pas les trois, mais je ne partirai pas d'ici sans Nicole. Vous n'êtes seulement plus capable de vous tenir debout, et vous voulez garder trois gosses.

Christine, victorieuse comme toujours, descendit de la montagne avec sa filleule, dont elle se fit appeler maman. Elle se hâta de couper deux robes semblables pour Chantal et Nicole.

Une collègue dit, non sans quelque admiration :

— Mme Sangredin, c'est un vrai chameau, et elle trouve moyen de faire le terre-neuve.

Dans le village du beau-frère, où j'avais longtemps habité, j'interrogeai une vieille femme, que je connaissais bien :

— Ce n'était pas un accident, n'est-ce pas ?

— Oh ! si, c'était un accident, dit-elle d'un air inquiet. Le sentier est mauvais.

— Mais tous les deux ?

— Pour moi, l'un sera tombé en essayant de rattraper l'autre.

— Ils n'étaient pas aimés dans le pays ?

— Lui, on le craignait plutôt, il faisait du recrutement pour le S.T.O. Le bon Dieu l'a puni.

— On a sûrement un peu aidé le bon Dieu, dis-je en souriant.

Mon interlocutrice fit un geste d'ignorance, mais ne put réprimer, dans ses yeux d'un bleu pâli, une petite lueur, vite éteinte.

— Une fois que les morts sont morts, il n'y a plus de rancune, dit-elle. Tout le monde est allé à l'enterrement. Et les petits ne manqueront de rien, personne ne les laissera manquer.

— Moi, je n'ouvre jamais, quand on sonne, dis-je à Morin. Ça pourrait être la Gestapo.

— Ça pourrait aussi être quelqu'un qui ait besoin de vous.

— Alors, il faut ouvrir ?

— Bien, il me semble ! Vous manquez de confiance en Dieu.

Le cœur battant, je m'empressai désormais à chaque appel du timbre : c'était le receveur du gaz, de l'électricité ou un courtier en assurances.

Cela finira par être deux uniformes verts, pensais-je avec déchirement.

Il arriva à la nuit tombante, celui pour qui je bravais la peur, l'inconnu que Morin m'avait enjoint d'accueillir. À son coup de sonnette, j'éprouvai une tentation particulièrement forte de ne pas répondre. Je tirai cependant le verrou et, ouvrant grande la porte, je me trouvai en présence d'un homme hâve et laid.

— Madame Aronovitch, dit-il en ôtant son feutre, j'ai vu votre nom sur la boîte aux lettres. Venez au secours d'un coreligionnaire.

Je le fis entrer précipitamment. Il me raconta qu'il était traqué de ville en ville avec sa femme et son fils de cinq ans, qu'il ne connaissait ici âme qui vive et n'avait plus d'argent, que l'idée lui était venue d'entrer dans les immeubles avec l'espoir de trouver un nom juif sur une porte. Il était musicien et s'appelait Rosenbaum. Je me levai pour prendre mon sac à main, expliquant, embarrassée :

— Il ne me reste plus que deux cent dix francs en tout et pour tout, jusqu'à la fin du mois.

— Pas ça, madame, pas ça, protesta Rosenbaum. Je n'ai jamais eu l'intention de solliciter de vous de l'argent. Je vous serais reconnaissant de votre aide personnelle.

Et Rosenbaum attendit mes propositions avec toute l'apparence d'une sereine confiance.

La nuit même, il rejoignait Pierre Bernhardt au

maquis. Lucienne plaça sa femme et son fils dans une ferme. Je ne me tenais pas de joie et de piété.

Lucienne Bernhardt venait d'avoir une seconde fille. Je lui proposai de venir habiter chez elle jusqu'au retour de son mari, pour l'aider à s'occuper du bébé. J'espérais secrètement un refus, mais elle accepta avec empressement.

J'eus la faiblesse de dire à Morin combien je souffrais de vivre avec une femme qui pensait surtout à l'argent.

— Elle a bien raison, fit-il, c'est le principal, et il se mit à rire.

La maison de Lucienne était loin de la ville, et j'allais travailler à bicyclette. Un matin, en sortant de la poste, je constatai qu'on avait volé Rossinante. Je dus donc faire chaque jour quelques kilomètres de marche. Mes pieds, mal protégés par des spartiates, s'écorchèrent, et je boitillai. Morin s'en aperçut ; il regarda mes sandales avec un intérêt de cordonnier.

— Elles ne sont pas en peau de veau marin, dis-je en riant.

— Qu'est-ce qui arrive à vos pieds ? Ils sont bien vilains.

— C'est la route. On m'a volé mon vélo.

— On vous a volé votre vélo ?

— Oui. Pourtant, il était enchaîné.

— Moi, je ne l'enchaîne jamais et on ne me l'a pas encore volé.

Comme je m'apprêtais à partir, Morin alla chercher sa bicyclette :

— Gardez-la quelques jours. Vous n'aurez qu'à la laisser en bas, en passant, quand ça ira mieux.

— Oh ! non, monsieur l'Abbé !

— Je vais baisser la selle, c'est trop haut pour vous. Venez ici, que je mesure.

— S'il vous plaît, monsieur l'Abbé, ne me la prêtez pas, je vous en prie. On va me la voler aussi.

— Qu'on la vole à vous ou à moi, ça revient au même, répondit Morin en maniant avec entrain la clé anglaise.

— Je vais crever.

— Il y a des rustines et tout ce qu'il faut dans la sacoche.

— Si on vient vous chercher pour un moribond...

— Un moribond ! répéta Morin avec un rire homérique. Je prendrai mes jambes à mon cou, il m'attendra bien, ce moribond.

Il jeta la bicyclette sur son épaule et dévala l'escalier quatre à quatre. Je me précipitai à sa suite. Dans une course tapageuse accompagnée des bruits de ferraille de la vieille bicyclette cognant les murs et la rampe, de mes protestations auxquelles Morin répondait en chantant : gloria alleluia ! nous atteignîmes la rue.

— On a fait un de ces boucans, qu'est-ce que je

vais prendre, dit Morin en jetant un coup d'œil vers les fenêtres du curé. Allez, roulez, et ne vous faites pas kidnapper.

J'eus des difficultés à enfourcher la selle. Bien que baissée, elle était encore trop haute pour moi. Sa forme de bec pointu me faisait mal. Je me sentais suivie, dans la pénombre, par les yeux moqueurs de Morin. Il me semblait, sorcière, chevaucher une bécane liturgique pour me rendre à la messe noire. Je zigzaguai, et soudain m'écrasai sur le pavé, heureusement hors des regards de mon entraîneur spirituel. Je me relevai contusionnée et me hissai à nouveau, non sans peine, sur le vélocipède ecclésiastique, frémissant à la pensée des brocards de Lucienne qui, déjà, ne se privait pas de me traiter de bête à bon Dieu, de cornichon à l'eau bénite et de bouffeuse de petits Jésus, tout en m'avouant, sous le sceau du secret, qu'elle priait chaque soir pour qu'il n'arrivât rien à Pierre.

CHAPITRE IX

L'atmosphère changeait. J'entendis un soldat allemand essayer d'engager la conversation avec un gamin d'une dizaine d'années, et celui-ci répondre :

— Fous-moi la paix, toi.

Le soldat s'éloigna consterné en disant :

— Pas gentil.

À la vitrine d'un magasin d'accessoires électriques apparut une pancarte : « Les piles reviendront dès que la ville sera libérée. »

Un après-midi, par les fenêtres du bureau, nous vîmes flotter, sur un plateau voisin, le drapeau français. Criant de joie, les yeux humides, nous bousculant, nous agrippant, debout sur l'appui des fenêtres, nous nous mîmes à agiter des mouchoirs, des écharpes, à envoyer des baisers, sûres qu'avec leurs jumelles, les résistants, là-haut, nous voyaient.

On stocka les trois couleurs. Les drogueries furent dévalisées de leurs boules de bleu et de rouge. On teignit son linge, on le découpa, on le cousit bout à bout. Les torchons bleu ciel, les essuie-mains indigo, les draps de lit vermillon furent cachés au fond des armoires en attendant de pavoiser la cité. Lucienne plongea une des couches de son bébé dans le sang d'un lapin, en s'écriant :

— Je ne suis pas bête, moi !

On aurait teint sa chemise.

Un matin, la ville s'éveilla libre. Les Allemands étaient partis dans la nuit, jusqu'au dernier, abandonnant des tentes mouchetées, des couvertures olivâtres, des vaches à eau. Les maquisards, sales, maigres, loqueteux, dévalèrent des montagnes en chantant. La foule, coiffée, enrubannée, ceinturée, fleurie d'azur, de pourpre et de neige, valsait sur les places, farandolait dans les rues, escaladait les statues pour les parer de tricolore. Sabine m'étreignit si fort que ma croix de métal, pressée sur mon sternum, m'en fit mal. La dactylo désigna le portrait de Pétain :

— Il va falloir qu'on ôte ça.

Christine, pâle, les yeux battus, emporta la photo serrée sur son cœur et me dit :

— On va sûrement me descendre.

— Peut-être pas, répondis-je.

Christine devina que c'était pour lui éviter d'être seule à ne point le porter que je n'arborais pas le ruban tricolore, et elle courut m'en acheter un mètre à la mercerie voisine.

La bonté native n'est qu'un laisser-aller. Mais la

bonté d'une femme naturellement méchante comme Christine me pénétrait toujours d'un respect religieux. Elle signifiait grâce et conquête spirituelle.

Les Américains arrivèrent, frais comme des touristes, et demandèrent :

— Quel est le nom de cette ville ?

Les habitants s'adonnèrent à la mendicité, implorant des nouveaux venus vivres et cigarettes. Ils montraient leur pain noir.

— Vous mangez vraiment cela ? s'esclaffaient les Américains.

On dressa les enfants à quémander du chocolat. Les journaux essayèrent de rappeler leurs lecteurs à un peu de tenue, mais sans succès.

Lucienne Bernhardt reprit sa fille aînée, Jacqueline, ma filleule, et me demanda de la conduire en ville, à la clinique, où on devait lui couper amygdales et végétations.

Le nombre des blessés et des malades était tel qu'aucune chambre ne restait disponible, et il me fallut emmener Jacqueline aussitôt après l'opération, dans mes bras, car on ne trouvait pas de voiture. Cette longue fille de six ans, à demi endormie, me semblait lourde. Je m'assis avec elle sur le bord de la route, mais aussitôt un soldat s'approcha :

— C'est défendu, madame, c'est dangereux ; il faut circuler.

La route s'était remplie de gens s'éloignant comme moi de la ville. De brillants traits d'acier, parallèles et obliques, strièrent le ciel bleu clair. « Les bombes ! cria-t-on. Les Allemands nous tirent dessus. » La foule se coucha comme un grand animal. J'étendis Jacqueline au fond du fossé et m'allongeai sur elle. L'enfant suivait languissamment, de ses beaux yeux méridionaux, la chute des projectiles, et murmura : « On dirait des papiers de chocolat. »

Plusieurs fois éclata la panique : « Ils reviennent ! Ils massacrent tout le monde ! » C'étaient des courses éperdues vers les bois, la montagne ; les fuyards entraînaient avec eux tous ceux qu'ils rencontraient et criaient, en passant devant les maisons : « Venez ! Ils sont derrière nous. » Sac au dos, un panier à la main et de l'autre tirant Jacqueline, je courais à côté de la frêle Lucienne portant dans ses bras la grosse Agnès.

Pierre Bernhardt revint du maquis en uniforme galonné, avec plusieurs caisses de vivres, tissus, vêtements et objets divers, allant d'un moulinet à légumes jusqu'à un Cupidon d'albâtre. Il attacha au poignet de sa femme une montre sertie de petits brillants.

— Tu es sûr que cela ne va pas nous porter malheur ? demanda-t-elle.

Je me trouvai sans logis, ayant prêté le mien à une famille de réfugiés. Christine mit à ma disposition, dans sa maison, une mansarde rose tendre, meublée d'un guéridon Empire, d'une chaise Louis-XV et d'un divan art moderne.

Je pensais laisser France à la campagne jusqu'à ce que j'aie pu rentrer en possession de nos deux pièces, mais Mlle Aimée Plantin, venue en ville pour voir le défilé des femmes tondues, me demanda de reprendre ma fille sans tarder.

— Elle nous fatigue de trop, dit-elle, elle est brisefer.

J'allai chercher France après le travail. Ayant manqué le dernier tram, nous revînmes à pied dans la nuit. Sur la route, deux soldats américains, qui se dirigeaient aussi vers la ville, proposèrent de me décharger de mon sac de montagne. Autrefois, j'aurais pressé le pas sans répondre, mais Morin m'avait fait comprendre qu'il est aussi peu généreux de refuser un service offert qu'un service demandé. J'acceptai donc avec mes plus affables remerciements. L'un prit mon fardeau, l'autre jucha France sur ses épaules et nous poursuivîmes notre chemin en devisant des misères de l'occupation et du bonheur d'être libérés. J'aurais voulu me séparer de mes deux compagnons en entrant en ville, mais ils insistèrent pour m'escorter jusque chez moi. Arrivés devant la maison, celui qui portait France la mit à terre, mais l'autre garda le sac et annonça :

— Je monte avec vous.

Bouleversée, je le regardai. Il posa la main sur la poignée du portail. L'autre gaillard ne bronchait pas.

— Est-ce que vous devenez fous ? demandai-je.

— Allez, venez, fit-il avec assurance, comme si ma protestation eût été de pure forme.

— Vous voyez bien que je suis avec ma fille.

— Ça ne fait rien.

— Je n'ai qu'une seule pièce. Laissez-nous rentrer chez nous. Rendez-moi mon sac.

— Je vous le rendrai là-haut.

— Ce sont les vêtements de ma fille. Elle n'a que ceux-là. Je vous en prie, rendez-les-moi.

L'autre soldat s'était assis sur le bord du trottoir et attendait flegmatiquement. La discussion avait lieu en anglais. France, qui n'en comprenait pas un mot, nous regardait avec inquiétude.

— Je vous les rendrai là-haut.

— Comment pouvez-vous ne pas comprendre que vous perdez votre temps ? Rendez-moi le sac, je vous en supplie, je n'ai pas d'argent ni de points textiles pour lui acheter de nouveaux vêtements.

Il secoua la tête.

— Laissez tomber. Rendez-lui ses affaires, dit l'autre avec ennui.

Le visage de mon tourmenteur se durcissait. Un échec devant témoin devait lui paraître inacceptable. Je savais que je devenais fort laide quand je pleurais. Aussi laissai-je libre cours à mes larmes et je levai vers l'Américain mon visage ruisselant. France se mit à pleurer aussi.

— Laissez-les tranquilles. Rendez-lui ses affaires, grogna le soldat assis.

— Venez, chérie, dit l'autre en essayant de me prendre dans ses bras.

— Il veut te tuer ? demanda France, haletant derrière moi.

Le pire était que mon désir avait au moins autant de violence que celui de mon adversaire, grand et splendide animal bistré.

J'envisageai d'appeler à l'aide, mais arracher les gens au sommeil, devant chez Christine, et leur apparaître flanquée, en pleine nuit, de deux soldats américains, eût été un remède pire que le mal. Je montrai ma croix.

— Très bien, approuva-t-il. Montons.

Après tout, ce n'est que pour quelques chiffons, pensai-je, que je m'abaisse à implorer. Le lys des champs, Salomon dans toute sa gloire...

— Gardez le trousseau de l'enfant, puisque cela vous fait plaisir, dis-je avec insouciance. Bonsoir à vous deux, et bon retour.

L'Américain arracha le sac de son épaule, le jeta

161

brutalement à terre, et s'éloigna avec son camarade. France poussa un hurlement de détresse :

— Mon baigneur est cassé !

Et elle se jeta sur le sac en sanglotant. Il fallut
déballer à l'instant, sur le trottoir, et lui montrer,
indemne, sa poupée de celluloïd, dont elle couvrit
de baisers le corps nu.

J'ajustai sur mon dos notre bien reconquis, et
entraînai l'enfant dans l'escalier.

— C'est des autres Allemands ? demanda-t-elle.

Aux danses en plein air, aux sauve-qui-peut
devant des Allemands fantômes, succéda la
période des règlements de comptes : des habitants
en abattirent d'autres, dans la rue, sans formalités.
Par inadvertance, on tua aussi un soldat américain.
Il est vrai que les conducteurs de jeeps avaient déjà
écrasé trois personnes, dont deux enfants, et qu'ils
faisaient queue devant les hôtels avec leurs élues,
ne laissant que le rebut aux indigènes.

« Mon père n'a pas raté une zigouillade, dit une
des employées. Il les a vus descendre tous. »

Une veuve menait ses filles de onze et douze ans
assister à ces mises à mort, leur disant :

— Regardez bien, papa est vengé.

Je vis quelques voisins, dont une femme, entraîner un gros homme livide, en manches de chemise
et chaussons. Titubant de peur, il implorait :

— Demandez à Dédé, j'ai jamais rien fait, Dédé me connaît.

On le bourrait de coups pour le faire avancer plus vite.

— Je peux le prouver, cria-t-il d'une voix étranglée. Venez chez moi, allez chercher Dédé.

Il tomba en hurlant :

— Dédé ! Appelez Dédé !

Son escorte le fit se relever à coups de pieds.

— Je suis innocent, clama le gros homme.

— Ta gueule ! lui répondit-on en lui assenant un coup de poing dans la figure.

Des passants s'arrêtèrent, des commerçants sortirent de leurs boutiques et contemplèrent la scène d'un air réservé.

Bientôt le petit groupe disparut avec son condamné qui avait cessé d'invoquer Dédé.

Une multitude animée convergeait de toutes les rues dans l'artère principale, et se hâtait vers je ne savais quel but. Intriguée, je me joignis à la foule. Nous arrivâmes au Champ de Foire, déjà comble.

— Ils vont arriver.

— C'est à quelle heure ?

— Il n'y en a plus pour longtemps.

— Il y en a combien ?

— Ils sont cinq.

— Oh ! on m'avait dit six.

— On va rien voir.

— Poussez pas.

Des gamins avaient grimpé sur le toit d'une vespasienne.

— Les soldats sont arrivés ?

— Oui, ils sont là, vous ne les voyez pas ?

— Je ne vois rien, avec le chapeau de la dame.

Une immense clameur de joie salua l'arrivée d'un camion. Le camion s'ouvrit et on posa à terre, l'un à côté de l'autre, cinq caisses oblongues en bois blanc.

— Les cercueils ! exulta la foule.

Cinq asolescents descendirent du camion et passèrent devant leurs cercueils. L'un d'eux me frappa particulièrement par ses cheveux d'un roux éclatant et sa chemise, largement ouverte, de couleur indigo. Un reporter photographia, presque à bout portant, les condamnés qui, les mains liées derrière le dos, marchaient d'un pas de promeneurs. Je ne vis plus rien. La foule poussa un rugissement de tonnerre. Mes pieds quittèrent le sol, je fus transportée en avant, sans avoir fait un seul mouvement, au-dessus de corps tombés, piétinés et criant. Je me retrouvai peu en arrière du peloton d'exécution. Chacun des jeunes hommes était attaché à un poteau. Leur calme me confondit. Les soldats, au milieu des hurlements de plaisir de l'assistance, firent feu successivement sur les cinq garçons. Le roux tomba avec un abandon rempli de grâce. J'enviais ces suppliciés, qui venaient de quitter la meute forcenée pour le ciel de Dieu.

— Ce qui est bien, dit une femme, c'est qu'on les a zigouillés juste à la place où les Boches nous ont fusillé les nôtres.

Le lendemain, j'allai voir les photographies exposées aux vitrines d'un des journaux locaux. Les cinq jeunes gens s'étaient enrôlés dans la milice, mais n'y avaient joué qu'un rôle infime. L'aîné avait vingt-deux ans, le roux à la chemise si bleue, dix-sept. On laissa à leurs chefs le temps de gagner l'Espagne.

Christine prit froid et me fit demander par sa fille si je voulais venir lui poser des ventouses.

Vêtue d'une robe de chambre bordeaux semée de perroquets vert et citron, elle était étendue sur son grand lit des Galeries Modernes, au pied d'un crucifix ancien dont la présence étonnait dans cette chambre banale de petits employés.

En regardant la chair de Christine emplir les ventouses et leur donner l'aspect d'énormes vesses-de-loup, je lui racontai l'exécution de ses amis de la milice.

— Tu espérais que ça me ferait de l'effet ? demanda-t-elle en souriant.

— C'est probablement parce que tu n'as pas de

cœur que tu arrives à aimer tout le monde, comme la religion le prescrit. N'est-ce pas ?

Christine se mit à rire, ce qui fit tressauter les ventouses.

— Ça m'est plus facile de serrer la main à dix personnes que d'en embrasser une, dit-elle.

— Oui, mais justement, le christianisme ordonne de les embrasser toutes les dix, d'embrasser tout le monde.

— C'est possible d'aimer tout le monde, si on n'est pas arrêté par une affection particulière.

— Tu éprouves bien une affection particulière pour ta fille ?

— Si on l'attaque, je deviens tigresse. Mais autrement, non, je ne suis pas tellement maternelle. Je peux m'intéresser aux enfants des autres autant qu'à elle. Je fais tout ce que je peux pour elle, mais je ne suis vraiment attachée à personne.

— Si tu étais séparée de ta fille, elle te manquerait ?

— Personne ne me manque, répondit Christine avec un sourire de bouddha.

— Je ne pourrai plus venir, dis-je à Morin, parce que maintenant ma fille est avec moi, et je ne peux pas la laisser toute seule.

— Alors, on ne se verra plus ? demanda l'abbé en souriant.

— Non, répondis-je avec résignation.

— Vous voulez que ce soit moi qui vienne chez vous ? Ça ne vous dérangera pas ?

— Oh merci !

— Je ne peux pas vous dire le jour, parce que je ne sais pas quand je serai libre, mais un de ces soirs.

Je venais de coucher France quand on frappa un coup très léger. Morin, le béret à la main, dut se baisser pour entrer. Je n'avais jamais parlé de lui à ma fille, ni de sa probable visite. Aussi ma surprise fut grande quand France, en le voyant, poussa un cri de joie, bondit du lit, dans son pyjama bariolé, et courut se jeter dans ses bras. Morin la souleva, la percha sur son épaule, la fit basculer, pirouetter, virevolter dans les airs, la balança la tête en bas pendant qu'elle riait à perdre haleine.

— Vous savez bien la gymnastique, dit-elle.

— Oui, on en apprend des choses, au séminaire, tu vois. Recouche-toi, tu pourrais prendre froid.

Il s'assit sur le bord du lit et tira de sa poche un petit livre qu'il lui donna : *Premiers Pas vers Jésus.* Enthousiasmée, elle jeta le livre au plafond. Il retomba en entraînant dans sa chute un flacon posé sur une étagère, et qui se brisa.

— Eh bien, à la bonne heure, dit Morin, il y a de la joie. Tu ne reçois jamais le martinet, toi ?

— Non, ce n'est pas la peine.

— Eh bien, si tu étais ma fille...

— Je voudrais être votre fille, dit France.

Elle lui montra sa poupée nue et il l'aida à l'emmitoufler dans une écharpe.

Au bureau, devant toutes les autres, Christine me lança :

— Quelqu'un m'a dit qu'avec votre fille, vous aviez l'air de l'aînée d'une famille nombreuse qui garde la petite dernière pendant que les parents sont sortis.

On insista pour savoir à qui je faisais cette impression. Heureusement, Christine ne répondit que par des éclats de rire et une brusque retraite.

Un matin, dans son église, je vis Christine. Elle avançait dans une nef latérale et semblait marcher sur les nuées. Son visage, d'habitude abrupt, reflétait une expression que je ne lui avais encore jamais vue, de spiritualité à nu et de paix divine. Cette figure inconnue de mon amie quotidienne me fit penser à la Transfiguration. Dans la journée, je lui dis :

— Je vous ai vue, ce matin, à la messe.

— Ah ! vous y étiez.

— Je voudrais que vous me disiez à quoi vous pensiez en remontant l'allée de droite.

— Je ne crois pas que je pensais. Ça ne m'arrive pas si souvent.

— Mais qu'est-ce qui se passait en vous à ce moment-là ?

— Je ne sais pas. Pourquoi vous me demandez ça ?

— Parce que vous aviez un air de piété inimaginable. J'en étais à me demander comment je faisais pour vous reconnaître.

Christine, qui pesait des paquets, pouffa et dit, en ajoutant un poids sur le plateau de sa balance :

— Nous, on a tellement été élevés dans la religion qu'on fait notre prière comme on respire.

Christine et moi, nous nous amusions à boxer, à lutter. Agitant son écharpe, elle faisait le toréador et moi le taureau. Ces apparentes gamineries servaient d'exutoires à nos désirs.

Pour sortir, Christine sautait sur la table et, de là, dans la rue. Au lieu de nous donner le courrier, elle le lançait par la fenêtre.

L'été, elle se mettait complètement nue avant d'enfiler sa blouse de travail.

— Ça me fait tellement d'économies de linge, expliquait-elle.

Elle teignait à l'encre de Chine noire son fil blanc pour s'épargner l'achat d'une seconde bobine, puis dépensait des centaines de francs en fards et colifichets.

169

Entre deux chansons légères, Christine répétait :

— Je suis la femme forte de l'Écriture.

Sous son badinage, elle l'était en effet. Elle appartenait à la race de ces Vertus de pierre de la cathédrale de Strasbourg, enfonçant en souriant leurs lances dans le crâne des Vices.

Du bout de son pinceau poisseux de colle, Christine chatouillait le visage d'une collègue. De ses grands ciseaux, elle rognait les cheveux de l'autre. On riait avec elle, mais souvent, derrière son dos, on la dénigrait :

— Elle est grossière comme du pain d'orge.

— Elle aurait bien fait une cantinière.

— Elle appelle sa fille Sangredin : « Hé dis donc, Sangredin ! » La petite trouve ça tout naturel.

— Les autres me cassent du sucre sur le dos, dit Christine à Morin, parce que je saute sur les tables, je fais le chien fou.

— Continuez bien à sauter sur les tables, l'encouragea son confesseur. Ne vous inquiétez pas de ce que racontent les autres.

CHAPITRE X

Les réfugiés qui occupaient mon logis s'en allèrent, et je m'y réinstallai avec France. La première fois que Morin vint me voir dans cet immeuble bourgeois, comme il l'appela malicieusement, France dormait déjà dans la chambre. Je fis entrer Morin dans la cuisine. Le teint avivé par le froid du dehors, il s'approcha du poêle en s'écriant :

— Quel bon feu !

Chez lui, il n'y en avait pas, je le savais par Christine. Je lui tendis l'unique chaise et m'assis sur un tabouret. Il s'aperçut que les lacets de ses chaussures étaient cassés et les répara au moyen de nœuds appelés, me dit-il, boucles de vaches. Je ne pouvais retenir mes yeux d'aller de sa robe à ma culotte de ski. Cette bizarre interversion vestimentaire me semblait rétablir en secret un équilibre essentiel. Je me surpris à penser follement :

« Subis toutes les métamorphoses que tu voudras, je deviendrai, chaque fois, ton complément. »

171

Je reprochai à mon visiteur le mauvais effet sur France de son cadeau, *Premiers pas vers Jésus*. Elle avait découpé menu des pages du Larousse, « pour faire des livres de lecture à ses animaux ». En conséquence, je lui administrai une correction, pendant laquelle elle hurla :

— Tu vois ma paille, ouh aïe ! et tu vois pas, ah ! ta poutre. Au secours ! Tu es o-bligée de me pa-ardonner soixan-an-ante-diiiix fois sept foi-oi-ois. Plus, non merci ! T'iras en enfer.

— Que dirais-tu, lui demandai-je, en l'asseyant sur mes genoux, lui essuyant les yeux et l'embrassant, si je te menaçais de l'enfer comme tu le fais pour moi ?

— Moi, répondit France, passant subitement des sanglots au sourire, et nouant ses bras autour de mon cou, il n'y a pas de danger. L'enfer, c'est pas pour les enfants, c'est exprès pour les grandes personnes.

— L'enfer... dit l'abbé pensivement. Dimanche, j'ai fait un sermon sur l'enfer.

— Qu'est-ce que vous avez dit ?

— Sainte Thérèse de Lisieux a dit : « Qu'importe, mon Dieu, que je brûle toute l'éternité en enfer, si c'est ta volonté. »

Le silence nous unit, parfait de plénitude. Il dura un long moment, au bout duquel Morin, jouant avec le tisonnier, fit :

— Vous avez raison de la dresser un peu, votre fille. Mais il faut faire attention de ne pas exagérer.

Quand j'étais petit, j'ai reçu de ces raclées ! Plus souvent qu'à mon tour.

Je regardai Morin avec stupeur. C'était la première fois, depuis des années que je le connaissais, qu'il parlait de lui-même. L'amertume de sa voix mettait le comble à mon étonnement. D'une seule phrase, il venait d'anéantir toute l'enfance que je lui avais forgée. Je m'étais dit que, très tôt, il avait perdu son père et rempli le rôle de chef de famille, guidé sa mère si douce et ses sœurs.

— La moitié du temps, aller coucher sans souper, continua-t-il du ton d'un enfant qui en a gros sur le cœur.

— Pourquoi votre père était-il si dur ?

Comme on voit un paysage à travers une vitre, je vis Morin se gourmander mentalement : « Qu'est-ce que j'ai été lui raconter là ? Tu t'occupes bien des gens qui t'ont été confiés. Beau travail, idiot. Tu es prêtre pour venir apitoyer tes paroissiens sur toi-même ? Pardon, Seigneur. Aidez-nous. »

— Pourquoi votre père était-il si sévère ? insistai-je.

— Ce n'était pas mon père, dit-il à regret. Mon père ne m'a jamais touché.

— Qui alors ?

— Ma mère.

La Vierge leva la main sur l'enfant Jésus. Il m'apparut naturel que Morin eût choisi, pour

173

dominer son bureau, une Madone à l'expression inflexible.

— Pourquoi est-ce qu'elle vous battait ?

— En revenant de l'école, quand j'étais en retard. Avec une branche, vous savez, tac, sur les mollets, tac, tac. Je serrais les dents.

— Ce n'était pas votre faute, si vous rentriez tard ?

— Si, c'était ma faute. On se battait tout le long du chemin, en revenant de l'école. Il y avait six kilomètres.

— Rien que pour ça, elle vous maltraitait ?

— Et puis je mentais, je disais beaucoup de mensonges.

— Parce que vous aviez peur d'elle ?

Morin ne répondit pas, visiblement désireux d'en finir avec cet entretien hors programme.

— Elle battait aussi vos sœurs ?

— Non. Mes sœurs, elles, elles marchaient droit.

— Elle était trop dure, votre mère ?

— Elle croyait bien faire.

— Vous n'avez pas eu une enfance heureuse, alors ?

— Nigaude ! Mais si, bien sûr que si, j'ai eu une enfance heureuse, ce n'est pas la peine de faire une tête comme ça. Je ne recevais pas de coups de trique tous les jours, quand même, qu'est-ce que vous croyiez ?

— Qu'est-ce qui a rendu votre enfance heureuse ?

— L'atmosphère. Il faisait bon, à la maison.

— Comment c'était, la maison ?

— Le matin, on nous éveillait à six heures. On partait à sept pour arriver à l'école à huit heures. Le dimanche, mon père allait garder les chèvres en emportant deux, trois journaux.

Ma mère m'a raconté qu'une fois son père, en allant à l'église, voit un lièvre. Il se dit : « Je vais rentrer à la maison chercher mon fusil. Non, je risquerais d'arriver en retard à la messe. » Quand il est repassé par là en rentrant de la messe, le lièvre y était toujours. Il est allé chercher son fusil, il a tiré, il l'a eu.

— Vous n'aviez pas de rancune contre votre mère ?

— Si. J'avais de la rancune.

— Au séminaire, votre rancune continuait ?

À cette idée, Morin éclata de rire.

— J'avais de la rancune tant que ça cuisait. Après, c'était fini.

— Quel âge aviez-vous quand vous êtes entré au séminaire ?

— À douze ans, je suis entré au petit séminaire.

— Comment se fait-il que vous ayez voulu vous faire prêtre, puisque vous étiez un garçon plutôt mauvais ?

— Qu'est-ce que ça fait ça ? Si on devient prêtre, c'est avec l'idée de sauver des âmes, c'est tout.

175

C'est une idée qui peut être envoyée même à un sale gosse.

Je m'efforçais de maîtriser mon émotion.

— Votre mère, dis-je après un silence, elle était plus dure que les autres mères. Mais vous, vous étiez un enfant comme les autres.

— J'étais plutôt dans les pires. Une fois, j'ai cassé la patte d'une vache en essayant de lui faire sauter une barrière. Inutile de vous dire que le propriétaire de la vache m'a tanné le cuir d'une façon soignée.

— Ça ne vous a pas guéri. Maintenant encore, vous essayez de faire faire la voltige aux ruminants.

Le regard de Morin devint un oiseau brun doré chantant dans un buisson d'épines. Il répondit :

— Je suis là pour ça.

— Vous allez encore lui casser la patte.

— Ça ne fait rien, du moment qu'elle saute.

Fixant le sol, je repassai dans ma mémoire la conversation que nous venions d'avoir. Très bas, pour moi-même, je murmurai :

— Je la déteste.

À ces mots, j'eus le souffle coupé par une trombe d'eau. À travers le ruissellement, je vis rire Morin. Il avait saisi dans l'évier une bassine pleine d'eau et m'en avait lancé tout le contenu au visage.

— Vous n'allez pas prendre mal, au moins ? demanda-t-il. Séchez-vous bien.

Tout en m'essuyant la figure, je répondais ridiculement :

— Oui, oui, monsieur l'Abbé, merci, ça va très bien, ce n'est rien du tout, comme si c'eût été malgré lui qu'il m'avait infligé cette douche.

Je pris la serpillière et m'agenouillai à ses pieds pour essuyer le carrelage.

— Je vous apprendrai à détester les gens, sauvage, dit-il.

— Pardon.

— Bon. Vous êtes une brave tortue. Tortue, répéta-t-il songeusement en fixant dans le lointain un but invisible.

Et, revenant à l'immédiat :

— Vous êtes bien malpolie de poser tout un tas de questions comme ça.

— Oh ! oui, monsieur l'Abbé.

— Vous embêtez les gens.

— Je sais.

— Vous n'avez pas honte ?

Toujours à genoux devant lui, je me mis à rire :

— C'est ma conscience qui m'ordonne de vous faire endêver : je suis un instrument de votre sanctification.

— Ça se peut.

Il considéra un moment le pertuis rouge du poêle et ajouta :

— Vous aussi, vous êtes un instrument de votre sanctification.

— Le dimanche, je ne suis pas à prendre avec des pincettes, dit Morin. La planche à laver sur le dos toute la matinée !

— La planche à laver ?

— La chasuble, si vous aimez mieux. Toutes ces messes, ça me met à cran.

— Vous n'avez pas l'air à cran.

— J'ai fait un baptême avant de venir, ça m'a un peu remis d'aplomb.

Je songeai au caractère définitif imprimé par ce prêtre à un enfant qu'il ne reverrait sans doute jamais.

En me penchant pour tisonner le feu, je vis le pied de Morin agité sans trêve d'un balancement précipité. La sérénité de son visage contrastait étrangement avec ces saccades.

Malgré ma félicité d'être devenue chrétienne, la souffrance de la conversion restait vivace. Le poisson exultait qu'on l'ait pêché hors de sa mare et lancé dans le fleuve, mais la blessure laissée par l'hameçon ne se cicatrisait pas.

— Sûrement, dis-je à Morin, au séminaire, on vous enseigne l'art d'attraper les gens.

— Oui, ça s'appelle la pastorale.

— Vous deviez être premier en pastorale.

— Je n'ai pas pu en faire, j'ai été mobilisé avant.

— Avant d'avoir fini ?

— Il ne manquait que ça, alors j'ai quand même pu partir comme aumônier tout de suite.

— Partir où ?

— En Finlande.

— C'était dur ?

— Pas tout le temps. On circulait à skis, traînés par des chevaux.

— Je me suis vachement fait savonner à cause de vous, me dit Christine.

— Pourquoi ? Par qui ?

— Parce que j'avais le malheur de me plaindre que vous étiez trop compliquée, on m'a répondu vertement que, compliquée ou pas, vous étiez parfaitement naturelle ; que vous, vous cherchiez à éclairer votre foi, que ce n'était pas la foi du charbonnier comme chez moi, que j'avais l'esprit fainéant, que je ferais bien de me mettre un peu à votre école ; que vous, vous tâchiez de vous élever jusqu'à l'humilité et que moi, au contraire, je me donnais du mal pour dégringoler dans l'orgueil.

— C'est seulement derrière mon dos, répondis-je, qu'il est gentil avec moi. Quand il vient, il me traite de narcisse, d'âne savant, d'ours, et il me dit que vous, au moins, malgré tous vos défauts, vous avez la vie de la grâce.

La dureté dont Morin ne se départait guère à mon égard suscitait d'ailleurs en moi une joie singulière.

Enfant, j'étais bouleversée par le conte de Schiller où le chevalier de Malte, vainqueur du dragon et exclu de la communauté par le grand maître, pose, avant de partir, un baiser sur la main impassible de celui-ci. J'étais le chevalier. Voici qu'avait paru le grand maître de l'ordre.

Était-ce là masochisme, ou bien élan de mon âme vers la purification, l'expiation, et joie d'être percée à jour ? Il me sembla que c'étaient l'une et l'autre tendances à la fois, confondues. Mon être, d'un seul et même mouvement, s'élançait comme une alouette et tombait comme une pierre.

Un dimanche où France s'était éveillée trop tard pour la messe des enfants à neuf heures à Saint-Mesmin, plutôt que d'attendre la suivante, qui n'avait lieu qu'à onze heures, il me parut préférable de l'emmener à celle de dix à Saint-Bernard.

À l'entrée, d'allègres jeunes gens vous mettaient entre les mains une brochure orange intitulée : *Pour bien suivre votre messe.* Certains passages en étaient biffés, d'autres corrigés ou complétés.

« *Il existe un trait d'union entre l'Épître et l'Évangile, c'est le Graduel, ainsi nommé parce qu'il se chantait sur les gradins de l'ambon.* »

Morin, de son écriture petite et simple, avait ajouté entre parenthèses : « chaire, dans les basiliques primitives ». Je me le représentai reportant cette définition sur des centaines de livres orange. Cette image de pensum me mit en gaieté.

En face de « alleluia », Morin avait indiqué : *Signifie « louez Dieu », en hébreu.*

À côté du Trait : *Nommés ainsi parce que les versets en sont chantés d'un seul trait.*

Le texte imprimé faisait suivre l'oblation d'un commentaire :

« *Cette prière reproduit les paroles des trois jeunes gens qui, enfermés par Nabuchodonosor dans une fournaise pour être restés fidèles aux lois de Dieu, s'offraient en expiation pour leurs péchés et ceux du peuple.* »

Morin avait cru devoir préciser :

« *Nab., roi de Babylone, voulait contraindre les Juifs à adorer une statue d'or.* »

L'eucologe couleur de fruit nous informait :

« *Canon vient d'un mot grec qui signifie ce qui dirige.* »

Et Morin osait un rapprochement qui me parut déconcertant :

« *De même, le canon du fusil en est la partie qui donne sa direction à la balle.* »

Dans la nef centrale s'avança un brillant cortège. Entouré d'un grand nombre d'enfants de chœur, dont les âges semblaient s'échelonner de six à une quinzaine d'années, Morin, revêtu d'une chasuble d'or, lançant sur l'assistance, à sa droite et à sa gauche, à sa gauche et à sa droite, l'eau lustrale, chantait d'une voix puissante :

« *Asperges me, Domine, hyssopo, et mundabor : lavabis me, et super nivem dealbabor.* »

Roi de gloire, Christ de majesté. Dans la main bien connue, le goupillon devint une verdoyante branche d'hysope. L'orfroi protège tes hardes.

« *Miserere mei, Deus, secundum magnam misericordiam tuam* », reprit l'assemblée comme un seul homme. Morin avait réussi à leur insuffler, pour ce temps passager de la messe, un zèle unanime. Je le vis à nouveau, en aube, dans un bas-côté, parlant à un gamin. Un autre prêtre monta à l'autel. France suivait le saint sacrifice sur un missel en images. D'un œil soupçonneux, elle vérifiait si l'officiant faisait exactement, aux moments voulus, les gestes prescrits. Morin circulait parmi les fidèles, indiquant la page à celle-ci, disant quelques mots à celui-là, prenant un enfant par la main, au fond de l'église, et l'amenant au premier rang. Il entonnait les répons avec la foule, lui faisant face et signe comme un chef d'orchestre. Fils du tonnerre. Ses agenouillements sur les dalles du transept, ses lents et grands signes de croix m'émouvaient terriblement.

En se dirigeant vers la chaire, il fit un détour et passa à côté de moi. Les yeux baissés, l'air concentré, de la manche de son aube, il me balaya le visage. Ce coup léger, cette presque caresse, me bouleversa. Un goéland, un ange m'avait touchée de son aile, moi terrestre. J'aurais pu en mourir. Irrépressibles, mes larmes coulèrent, lourdes comme des gouttes de métal fondu. J'essayai de me cacher le visage en tirant en avant le madras qui me couvrait la tête. Plus jamais je n'irai à la messe à Saint-Bernard, promis-je. « Mes frères, demandait Morin du haut de la chaire, est-ce le froid qui vous engourdit ? J'espère que le beau soleil printanier va vous ranimer un peu. Il y en a qui dévident des chapelets pendant la sainte messe : ce n'est pourtant pas le moment. Il y en a qui vont faire leurs petites dévotions au pied d'une statue, alors que le Très Saint Sacrement est là, qui vous attend, présent et vivant. Et puis tout le monde part avant le dernier évangile. Vous êtes donc si pressés de quitter votre Dieu, chrétiens du dimanche ? Mes frères, ne soyons pas comme ces disciples qui, en se pressant autour de Notre-Seigneur, manquaient l'étouffer et empêchaient les gens de l'approcher et même de le voir. Si vous n'êtes que des chrétiens de nom, vous éloignez les hésitants, vous leur ôtez l'envie de venir, alors que chacun de vous doit être apôtre dans son milieu.

« Je voulais vous dire aussi : chantons notre messe paroissiale avec plus de virilité, sans traîner sur les finales. Si nous chantons mieux et avec plus de vigueur, si nous suivons notre messe avec plus de compréhension et de piété, du fait même, nous vivrons aussi plus chrétiennement. Mettons toute notre vie dans notre messe, et notre messe, à son tour, pénétrera notre vie et la rendra bien plus belle. Au nom du Père et du Fils et du Saint-Esprit, ainsi soit-il. »

— Il y a deux faits dont j'ai la certitude absolue, dis-je à Christine. Pourtant, ils sont contradictoires. L'abbé est le type le plus élevé spirituellement que j'aie jamais connu. Et dimanche, il n'y a pas l'ombre d'un doute, c'est exprès qu'il a passé à côté de moi et qu'il m'a frôlée avec son aube. Tu devines dans quel état ça m'a mise.

— Oui, j'ai déjà remarqué, dit Christine, il fait quelquefois des coups comme ça. Pas étonnant qu'il se fasse engueuler à l'évêché.

— Est-ce que tu crois qu'il agit ainsi par taquinerie, par simple jeu ? C'est sûrement ça qu'on appelle la glorieuse liberté des enfants de Dieu. « Aime et fais tout ce que tu voudras. » Mais moi, ça me démolit.

— Il fait ça pour nous stimuler, dit Christine. Mais bien sûr, c'est dangereux. Lui, il n'a pas peur, pas plus peur de ça que du reste.

Pour mieux se libérer, les malades doivent s'éprendre, temporairement, du psychanalyste.

J'étais couchée, mais je ne dormais pas. Morin montait l'escalier, portant et traînant de grands draps de lit très blancs. La porte de ma chambre s'ouvrit et Morin parut, les bras débordant de ces draps, qu'il avait apportés exprès pour notre union. Poussant des clameurs de joie, je tendis les bras vers lui. « Enfin, enfin, criais-je, tu es venu ! Je n'en pouvais plus d'attendre. »

Je l'aidai à arracher sa soutane. Nous nous possédâmes. J'atteignis le parfait bonheur, et m'éveillai. France dormait avec abandon, entre le mur et moi. Elle semblait portée par quelque fleuve.

— Pardonne-moi, demandai-je à Dieu. Gouverne mes rêves. Ne permets pas que je t'offense, même en songe.

Je galopais sur un pur-sang. En croupe était mon enfant, qui se nommait l'Aiglon. J'arrivai au domaine de mes ancêtres. Toute la campagne, à perte de vue, toute la nature était mon fief, y compris la mer à l'horizon et le ciel, fort proche de ma tête, et tout parsemé d'étoiles, bien qu'on fût en plein jour. De partout accouraient mes gens pour me rendre hommage. Nombre d'entre eux étaient des morts, mais cela ne se voyait pas. Je lançai mon cheval dans l'avenue qui conduisait au château. Une feuille de papier à cigarettes ne passerait pas entre mon genou et le flanc de ma monture, pensais-je avec une orgueilleuse jouissance. Je n'étais encore jamais venue chez moi, et pourtant je reconnaissais tout. Comment ai-je fait pour arriver à cheval, puisque l'Irlande est une île ? me demandai-je. La demeure de mes aïeux n'était plus qu'un éboulis. Par la puissance de mon regard, je fis s'élever un clocher, soutenu par deux arcs-boutants. À ma grande surprise, sur le clocher apparurent trois cadrans superposés, chacun d'eux indiquant une heure différente. En essayant de les lire, je me réveillai. Bravo, me félicitai-je, la nuit a été vraiment bien remplie. Après l'érotomanie sacrilège, la mégalomanie.

Le Christ rêvait-il ? Quels pouvaient être ses rêves ?

Une aube couleur de pain s'étendait sur la ville. Bientôt, les cloches sonneraient pour la première messe. Je courrais à l'église recevoir l'hostie salutaire. Comme à l'accoutumée, la soif vint me tourmenter. Dans mon palais desséché, ma langue devenait un corps étranger. Il me semblait entendre s'entrechoquer des bouteilles d'eau minérale, embuées de fraîcheur. Les voyageurs perdus au désert, me disais-je, ne peuvent pas souffrir davantage. Mon âme pour un verre d'eau ! Le robinet de cuivre, au-dessus de l'évier, brillait d'un éclat maléfique. Non, je ne boirai pas, répétais-je. Je veux, je veux communier. Tout à l'heure, à six heures et demie, je pourrai enfin me désaltérer. Ce sera merveilleux.

Aussitôt la communion reçue, ma soif disparaissait. De retour à la maison, je m'affairais à éveiller France, à lui faire sa toilette, à lui préparer son déjeuner et à l'envoyer à l'école. Je ne pensais plus à boire.

— Est-ce le diable, ou mon esprit de contradiction, qui me persécute ainsi ? Ou est-ce que les deux se confondent ? demandai-je à Morin.

— Je ne sais pas, répondit-il. Le démon s'attaque surtout aux chrétiens très avancés dans la vie spirituelle, ce qui ne paraît pas être votre cas. Ça vous donne envie de rire, quand on parle du démon ? Eh bien, riez à cœur joie, c'est toujours ça de pris sur lui.

France allait bientôt faire sa première communion. Elle s'y préparait en interrogeant Morin :

— La Sainte Vierge, elle a chassé ou charmé le serpent ? C'est pas quand on s'est confessé qu'on lance des confetti ? Jésus, dans la crèche, quand on lui apportait les cadeaux, est-ce qu'il comprenait déjà ? Le bon Dieu, il veut qu'on le mange comme des anthro... thropopophages ? Il est original. Moi, c'est pas la peine que je fasse ma prière, puisque je suis bien avec Dieu comme ça. Oh non, je ne veux pas prier pour mon papa, ce serait méchant, ç'aurait l'air de ne pas être sûre qu'il est au ciel.

Morin, réprimant un sourire, répondait avec une grave sollicitude.

— La religieuse au patronage, se plaignit

France, elle est fâchée parce que je ne vais pas au catéchisme à Saint-Mesmin.

— Ne t'inquiète donc pas de ça, dit Morin. C'est des histoires de bonnes sœurs, ça.

— Vous n'avez pas l'air d'aimer beaucoup les religieuses, monsieur l'abbé ? demandai-je. Comme vous êtes antichrétien !

— N'est-ce pas ? dit-il. Si, j'aime bien les religieuses. Ça dépend lesquelles. Il y en a qui s'étaient installées dans une localité pas loin d'ici. Elles soignaient les gens pour rien. Ça allait très bien, on les acceptait. Et puis, un beau jour, on a vu entrer chez elles une quantité assez importante de pommes de terre. Ça été fini. Maintenant, c'est à peine si elles peuvent continuer à habiter la ville. On les appelle les patates.

— Bien fait, dis-je, et Morin ne me contredit pas.

Il nous invita à venir chez lui un dimanche après-midi, pour qu'il pût faire passer à France l'examen de communion.

La petite fille répondit exactement à toutes les questions.

— Et maintenant, je vais te confesser, lui dit Morin.

Il me reconduisit jusqu'à l'entrée, qui s'était remplie de monde. Une cheftaine à l'air sûr de soi, une dame élégante dont le chapeau s'ornait de sortes de joubarbes noires, et plusieurs jeunes gens, dont l'un aux cheveux outrageusement gominés, attendaient sur le banc de l'étroit vestibule. Au bout d'une dizaine de minutes, le piano fit entendre une musique de danse. France apparut, échevelée, et cria joyeusement, sans souci de l'assistance :

— Viens voir, maman !

La porte refermée sur nous, l'enfant se mit à inventer des danses sur les airs qu'improvisait Morin. Ses mèches couleur de sable voletaient sur ses épaules. L'animation avivait son teint, ses yeux verts brillaient. Elle tournoyait, s'agenouillait, virevoltait, s'abattait et s'élançait, semblable à un elfe dans la clairière.

— On fera de toi une danseuse de corde, dit Morin en fermant le piano.

— Maman, s'écria France, sautant autour de moi, je n'ai plus de péchés, ils sont enlevés !

Sur une des trois chaises était posé un poste de radio à demi démonté. Morin proposa à la petite fille de s'asseoir sur ses genoux. Elle s'y installa avec empressement et appuya sa tête sur l'épaule du prêtre, qui se mit à me parler sans plus faire attention à elle. France regardait, avec une lassitude heureuse, les affiches bariolées, le beau parquet de bal et le piano.

— M'sieu l'abbé, demanda-t-elle en tirant sur un des boutons de sa soutane.

Il ne sembla pas l'entendre et continua à me parler du communisme chrétien.

— M'sieu l'abbé, répéta-t-elle. Il la regarda.

— Je vous aime, dit-elle en plongeant son regard dans le sien.

À cette déclaration, le sang me brûla le visage.

— À la bonne heure, approuva Morin. Moi aussi, je t'aime.

France poussa un profond soupir d'aise, ferma les yeux et se serait probablement endormie dans les bras de son confesseur, si je n'avais cru devoir prendre congé.

France fit sa première communion à la messe de minuit. En sortant, de joie elle se roula dans la neige. Nous réveillonnâmes d'un bol de bouillon Kub.

— On est les gens les plus heureux qui existent sur la terre, dit France.

— C'est vrai, répondis-je.

Quand elle fut endormie, je sortis du placard un petit sapin. En guise de bougies et de garnitures, introuvables, je l'ornai d'images fixées par des pinces à linge. Au pied, je plaçai une poussette pour le baigneur qui avait failli rester aux mains de l'Américain.

Morin sortit de sous sa cape un objet enveloppé de papier et qui avait la forme d'un bâton.

— Tenez, dit-il. Pour voir clair à la cave.

C'était un cierge « de funérailles », précisa-t-il d'un air taquin.

Mes bûches étant trop grosses pour entrer dans le poêle, il me fallait les fendre aux dimensions voulues. Constamment, la lame de ma hachette se séparait du manche, et je devais les remboîter tant bien que mal.

— Je vais vous couper du bois, annonça l'abbé.

— Oh non ! protestai-je. Pas vous.

— Donnez-moi ça, dit-il.

Comme je refusais de lui passer mon outil, il essaya de me le prendre de force. Au risque de se blesser, nos mains luttèrent sur le tranchant. Contre ma jambe, sa jambe était dure et tendue.

— Barrez-vous, dit-il sans aménité.

Je lâchai prise et m'écartai. Penché, les pans de sa longue ceinture à franges voltigeant au va-et-vient de son corps découplé, le visage attentif, il débitait les bûches vite et bien. Quelle forêt sans cesse renaissante défrichait-il ? Pionniers, oh ! pionniers.

— Voilà, dit-il en me rendant l'objet de notre combat. Je m'en saisis et le plantai dans le billot. Léon Morin me regarda et dit :

— Jeanne Hachette.

J'eus un coup au cœur. C'était la première fois que mon guide m'appelait d'un nom qui n'impliquait ni blâme, ni moquerie. Un instant, dans son regard, je me vis belle.

Il s'était assis sur le billot après en avoir arraché la hache et demandait en l'examinant :

— Vous n'avez pas du fil de fer ?

L'ange bûcheron ressemblait maintenant à un exécuteur des hautes œuvres.

— Si vous étiez un pasteur protestant, vous m'épouseriez ? demandai-je d'une voix soudain gutturale.

— Bien sûr ! s'écria-t-il.

— Non, c'est sérieusement que je demande cela. J'ai besoin de savoir. Si vous n'étiez pas prêtre, me prendriez-vous pour femme ?

— Oui, répondit-il d'un ton bref, en assenant un violent coup de hache sur une des bûches.

Je me sentis comblée et dépouillée. Une même main, d'un seul geste, m'avait tout donné et retiré. Si au moins l'homme que j'aimais avait eu un frère, auquel j'eusse pu appartenir, j'aurais mêlé indirectement mon sang au sien. J'aurais donné la vie à des enfants qui, peut-être, lui auraient ressemblé. Mon cœur devenait oiseau de proie.

Morin s'était levé et, jetant sa cape sur ses épaules, partit en disant à peine au revoir.

Il ne revint qu'au printemps. La fenêtre était grande ouverte. Il s'y accouda et dit en regardant la chaîne des montagnes :

— C'est vraiment beau.

Je ne connaissais pas le nom de tous les sommets et je les confondais.

— Pourtant, les enfants de cinq ans savent ça, dit Morin. Étendant le bras successivement vers chaque pic, il le nomma avec amour. Nous allâmes nous asseoir. De la cour, s'éleva une chanson :

M'en ferez-vous cadeau,
Mon bon ami curé ?
Si tu viens au dodo,
Simone, ma Simone,
Ma petite mignonne.
Que ferons-nous du bébé,
Mon bon ami curé ?
Si c'est une pisseuse,
On la fera religieuse,
Simone, ma Simone,
Ma petite mignonne.
Mais si c'est un gars,
Curé comme son papa.

Envahie d'un calme glacé, je me levai. Il me semblait marcher dans le vide. Je parvins à la fenêtre et la fermai doucement et lentement, avec l'impression de bâillonner quelqu'un. La voix obscène devint inintelligible. En revenant à ma place, je rencontrai le regard presque souriant de Morin. Il secoua la tête en faisant légèrement claquer sa langue contre ses dents :

— Tttt, ttt...

en signe de blâme indulgent. Nous continuâmes à nous entretenir austèrement de la substance et des accidents.

CHAPITRE XI

À l'étage au-dessus du nôtre, habitait une petite Sicilienne de l'âge de France, Amanda. Le soir, elle venait me demander, en faisant la révérence :

— Madame, est-ce que France peut venir jouer avec moi dans la gaine à ordures ?

La mère d'Amanda était morte peu de temps auparavant, à vingt-quatre ans, d'une tentative d'avortement. Dans son agonie, qui dura plusieurs heures, elle ne cessait de répéter : « Pardon. Pardon. Pardon. »

« Oui, dit Morin quand je lui racontai. Elle avait compris. »

— On s'est bien amusés, dit Amanda à France. On est allés au cinéma et puis sur la tombe de maman.

Amanda devait faire sa communion à Pâques et consultait France :

— Pourquoi on dit que c'est mal de dire « nom de Dieu » ? Moi, je trouve que c'est gentil de parler à Dieu de son nom.

France, avec autorité :

— C'est très gentil de dire « nom de Dieu », c'est une prière.

Et toutes deux, à genoux l'une en face de l'autre, inclinées et les mains jointes, de répéter avec ferveur, de plus en plus fort :

— Nom de Dieu. Nom de Dieu. Nom de Dieu.

Elles avaient décidé que la cour était une prairie infestée de serpents, qu'elles écrasaient du talon :

— Au revoir, petit champ, disait Amanda, tu peux faire des fleurs, on t'a tué toutes tes vipères.

Le dimanche, le père d'Amanda l'emmenait au café. Mais la petite fille enviait nos promenades, et il lui permit de nous accompagner.

En suivant la crête des coteaux, on dominait la ville aux toits rouges et roses, coupée en trois par la courbe de la rivière et son affluent torrentiel. À la périphérie se dressaient des cheminées d'usines et, disséminés du cœur aux faubourgs, huit clochers. De l'un d'eux, je ne pouvais détacher mes regards.

« Dire que Morin est là-bas, en ce moment, pensais-je, et qu'il chante. C'est l'heure des vêpres. »

À vol d'oiseau, la distance qui nous séparait était courte. Mais par les sentiers, il eût fallu des heures pour atteindre Saint-Bernard. « Garce, me dis-je, qu'il t'allait bien de prier pour Marion Lamiral ! »

Pour rester, malgré mes pensées profanatrices, dans l'amitié de Dieu, pour la sainteté de Léon Morin, et pour tout le monde, je faisais les sacrifices dont j'avais l'occasion : je gardais ma soif, tandis qu'Amanda et France se désaltéraient aux sources en criant de plaisir. Je restais debout tandis qu'elles se reposaient. J'écartais aussi souvent que possible de notre itinéraire le chemin des coteaux. Dieu finit même par me donner la force de courir joyeusement avec les deux enfants sur la sente faîtière, sans jeter un seul coup d'œil vers ma préférée de Ses demeures.

Parfois nous sortions avec Christine Sangredin, sa fille Chantal, et son neveu. Didier, âgé de onze ans, devenait le centre d'intérêt des trois filles. Chacune, suivant son caractère, cherchait à accaparer les faveurs du garçon : Amanda feignait de ne pouvoir grimper pour qu'il l'aidât, France lui signalait à tout moment, par des cris, qu'elle avait fait une trouvaille : pomme tombée, pierre biscornue ou coquille d'escargot. Chantal faisait étalage de sa parenté avec Didier, l'interpellant :

— Tu te rappelles, à la maison ? Tu te souviens, chez toi, quand ma tante t'a dit... ?

Pendant un pique-nique, Amanda, Chantal et France ne quittèrent pas des yeux le torse de Didier, qui venait d'ôter sa chemise. France était tellement absorbée par son examen qu'elle trouvait avec peine la place de sa bouche. Chantal pointa un index délicat, et le fit glisser le long de la colonne vertébrale de Didier, qui continuait à se rassasier placidement.

— Non, mais dis donc, qu'est-ce qui te prend ?

intervint Christine en appliquant force tapes sur la main de sa fille.

— Si on n'a même plus le droit de toucher son cousin germain, alors, protesta Chantal.

Et, avec affectation, elle humecta de salive sa dextre rougie.

Christine profita d'un moment où les enfants s'étaient éloignés pour me confier que Didier voulait être prêtre, mais que, sans doute, il changerait d'avis, et qu'elle était sûre d'aimer son neveu autant que sa fille, peut-être même plus.

Nous passâmes devant une petite église isolée. Christine proposa :

— Entrons, vous voulez ?

— Comme ça ? demandai-je.

Nous étions en short et le dos nu.

— Le bon Dieu s'en fiche, m'informa Christine.

— Oui, mais les intermédiaires ?

— Les intermédiaires, on s'en balance.

Elle poussa le portail impétueusement, et sa main plongea dans le bénitier comme une bête assoiffée.

Dans l'immeuble dont le bureau occupait le rez-de-chaussée, un couple de Juifs et leurs deux enfants avaient été arrêtés par les Allemands, sur les indications d'une autre locataire, Mme Cochel. Peu après, nous avions reconnu, à l'annulaire de

Mme Cochel, la bague de brillants de Mme Golds-chlager.

À la libération, la dénonciatrice, dénoncée par la concierge, fut incarcérée. Au bout de six mois, nous la revîmes dans le hall, qui rentrait chez elle, pâle et les traits tirés. Comme mes camarades, je la considérai avec horreur. Nous nous indignions qu'elle s'en fût tirée à si bon compte. Soudain, Christine, arrivant à la hâte, vint chaleureusement serrer la main de la criminelle, lui dit, à voix très haute, combien elle était contente de la revoir, et lui proposa ses services en cas de besoin. Le visage de Mme Cochel se colora et elle remercia, les larmes aux yeux.

— Vous voyez, me dit-on haineusement, ce qu'elle fait, votre amie Mme Sangredin ? Qu'est-ce que vous attendez pour en faire autant ?

— Ce n'est pas une raison parce qu'on a une amie pour qu'on approuve ou qu'on imite tous ses gestes.

— Vous êtes pratiquante comme elle, alors qu'est-ce que vous attendez pour pardonner ? Allez vite serrer la main à la Cochel. Allez l'embrasser.

— Dites-lui que ça ne fait rien, pour les Golds-chlager : le bon Dieu pardonne tout.

— Non, le bon Dieu ne pardonne pas tout, criai-je. Dieu merci, il y a un enfer.

— Pardonnez-nous nos offenses comme nous

pardonnons à ceux qui nous ont offensés, psalmo-
dia une voix sardonique.

— Oui, fis-je en frémissant, nous pardonnons à
ceux qui nous ont offensés nous-mêmes. Mais
Jésus-Christ n'a jamais dit : Pardonnez les offenses
faites à vos frères. Est-ce que vous croyez que je
m'imagine pouvoir pardonner au nom des Golds-
chlager ? au nom de la cendre Goldschlager ?

Mais l'inquiétude me gagnait.

— Est-ce que Mme Sangredin a eu raison ?
demandai-je à Morin.

— Oui, si elle a agi selon sa conscience, répondit-il.

— Mais moi, en tant que chrétienne, je devrais
pardonner à la femme qui a dénoncé ?

— Vous ne connaissez seulement pas le fond
de l'histoire.

— En tout cas, j'ai vu moi-même à son doigt la
bague de la Juive. Elle a eu le front de la mettre.

— Le prêtre qui absout et le peloton qui exé-
cute sont nécessaires tous les deux, dit Morin.

Ces paroles de charitable justice me rendirent
l'équilibre. Désormais, j'eus une prière pour les
dénonciateurs : « Mon Dieu, faites que les tribu-
naux humains leur infligent les châtiments mérités
afin que Vous, au ciel, puissiez les accueillir. »

— Je suis allé trois jours chez moi, dit Morin d'un air heureux. J'ai fait les foins.

— Chez vous, il y a vos sœurs ?

— Oui. L'aînée est mariée, l'autre non.

— Celle qui est mariée, elle a des enfants ?

— Oui, trois, et elle en attend un quatrième pour septembre.

— Quels âges ont-ils et comment est-ce qu'ils s'appellent ?

— Il y a René, un garçon, qui a cinq ans, Martine qui a trois ans et Anne-Marie qui a huit mois.

Je me représentai Morin râtelant, des herbes sèches accrochées à sa soutane. Auprès de lui travaillait sa sœur cadette, un mouchoir sur la tête. René faisait tomber Martine, puis l'aidait à se relever. Non loin, une grange. « Mon Dieu, pensai-je, je ne resterai donc jamais un seul jour, une seule heure sans t'offenser ? »

À plusieurs reprises, il m'arriva de questionner à nouveau Morin sur son neveu et ses nièces. Il parlait d'eux comme des étrangers :

— Le garçon... La petite fille... Il paraît qu'on a eu peur pour la plus jeune, elle a eu un phlegmon. On se sent bien là-bas. C'est à trente-cinq kilomètres. J'y vais une ou deux fois par an.

Quand il s'agissait d'enfants du catéchisme ou du patronage, Morin perdait son air détaché. Il disait avec dilection : « Mes gosses » et : « C'est fou, ce qu'ils se développent en ce moment. Ils sont très réceptifs. »

Par un torride samedi après-midi, j'encaustiquais le parquet dans la chambre au store baissé. Un chant absurde bourdonnait dans ma tête :

« Avec la cire vierge, cire la chambre nuptiale, nuptiale, nuptiale. »

En même temps, je récitais l'oraison dominicale et la salutation angélique. Mes prières et mon refrain formaient un mélange affreux.

À part le lit, les seuls meubles de la pièce étaient une luge et un crucifix, que je fis reluire également, avec une énergie amère. Je disposai la cretonne qui couvrait le lit, aussi soigneusement que si je préparais quelque cérémonie. Puis je passai à la cuisine, et commençais à faire la lessive, quand on sonna. C'était Morin.

— Bonjour, dit-il d'un air pressé. Je viens vous apporter des livres pour Danièle, Mme Sangredin m'a dit que vous montiez demain au sana. Il y en a aussi un pour vous, tenez.

Il me tendit un gros volume gris, dont le titre tenait plusieurs lignes et où je ne saisis d'abord que les mots : *Dogmatisme traditionnel et empiriocriticisme.*

— C'est horriblement calé ! m'écriai-je. Je ne crois pas que je vais comprendre.

Morin, qui s'apprêtait à repartir, ouvrit le livre, et consentit à s'asseoir à côté de moi, devant la table, pour m'en parler un peu. J'écoutai ses explications avec attention, mais il se passait un phénomène bizarre : non seulement je ne comprenais pas le sens de ses phrases, mais encore chacune de ses paroles, prise isolément, frappait mon tympan comme un son musical, sans aucun rapport avec le langage. À travers le mur, je voyais, d'une netteté brûlante, la chambre préparée, le lit fleuri de volubilis. Mon front se couvrit de sueur.

— Ah ! qu'il fait donc chaud ! dit malicieusement Morin.

Il semblait, dans la livrée noire et son haut col roide, baigné de fraîcheur, tandis que moi, nue sous ma blouse de toile, j'étais en nage douloureuse. J'eus l'impression que Morin m'interpellait, comme d'une autre rive. J'enfonçais la pointe d'un couteau dans le bois blanc de la table. Morin me le prit des mains, du manche m'en frappa les doigts, et le remit dans le tiroir. Il ouvrit le livre, de l'index me désigna certaines lignes. Je voyais très distinctement chaque lettre : c'était un petit dessin, un petit personnage que je reconnaissais, mais dont je ne savais plus le nom. La clé de la lecture était perdue. Mes dents claquaient bruyamment. En vain essayais-je de les garder serrées. De l'autre côté du mur, je nous voyais. Dieu, exauce mon désir une seule, une unique fois, et ensuite béni soit l'éternel tourment.

La tentation n'existe pas. Être tenté serait convoiter ce qu'on reconnaîtrait mauvais. Ce serait démence. Par le fait que je souhaitais, mon souhait m'apparaissait bon. Mon souhait et moi ne faisaient plus qu'un. Ironique réussite ! Mon esprit n'avait jamais pu me donner la simplicité tant recommandée par Morin, et mon sang y parvenait avec la vitesse de l'éclair.

Morin leva le bras, sa manche noire retomba, découvrant une manche de chemise bleue, laïque. « Tout est possible », pensai-je. Mon bras se détendit vers Morin, je l'appelai :

— Viens.

Il se rejeta en arrière. Ma main ne rencontra que le vide. Il se leva, en trois enjambées fut devant la porte. J'avais détruit, d'un mot, mon univers. Tous mes efforts de vie chrétienne aboutissaient à ce cri animal. Morin était revenu sur ses pas, l'air si inexorable que je me dis : « Il va m'assommer. » Je fermai les yeux, et entendis sa voix réconfortante :

— Ce n'est plus Mlle Sabine, à présent. À la bonne heure, ça va déjà mieux.

« Regardez les gens, quand on vous parle, demanda-t-il après un silence.

Son visage avait une expression paysanne, avisée.

— Si seulement vous appeliez Dieu comme vous appelez le mâle, dit-il. Ça, c'est prier.

— Vous n'allez plus venir, fis-je sur le ton de la constatation.

— Bien sûr que si, pourquoi pas ? répondit-il

203

avec entrain. (Et railleusement :) Plus discuter de l'hypostase avec vous, ça me manquerait.

Il était de nouveau devant la porte et, la main sur la poignée, se tourna encore une fois vers moi :

— Il va falloir que vous alliez vous confesser.

— Non, protestai-je. Dire ça à quelqu'un !

— Si c'est à moi que vous le dites, proposa Morin avec douceur, comme je le sais déjà, alors...

— À vous ! répétai-je avec effroi et sans réussir à retenir mes larmes. À vous !

— Pour moi aussi, c'est une corvée de me confesser. Mais j'y vais quand même, et souvent encore.

— Vous y allez quand même, et souvent encore ! répétai-je avec ironie et colère. Vous, jamais vous ne faites de péchés, alors il faut croire que vous vous accusez de ceux des autres.

— Il y a des coups de trique qui se perdent, dit Morin. Vous viendrez ce soir, n'est-ce pas ? À partir de cinq heures et demie. Je vous attendrai aussi tard qu'il faudra.

— Ma fille va rentrer de l'école.

— Vous viendrez avec elle, je la confesserai aussi.

Il partit en lançant :

— Au revoir. À tout à l'heure.

Je l'entendis descendre les marches quatre à quatre. Je ressentais Dieu comme une absence infinie, un vide impossible à combler, un manque, une souveraine surdi-mutité. L'athéisme eût été plus supportable. Je me lavai le visage. Mon âme me faisait l'effet d'une maison close.

France arriva et je lui dis où nous allions nous rendre.

— Quels péchés t'as faits, toi ? demanda-t-elle avec curiosité.

— Ça ne te regarde pas, répondis-je d'un ton faussement enjoué.

— Si tu me dis les tiens, insista-t-elle, je te dirai les miens.

Pour augmenter ma contrition, je me répétais : Jésus-Christ a enseigné que la concupiscence équivaut à l'adultère. Mais cette pensée dépassait son but : ayant désiré, j'ai donc possédé, exultais-je malgré moi, du fond même de ma détresse.

— On va bien s'amuser, fit Morin en ouvrant le guichet.

— Mon père, aidez-moi.

— Vous n'en avez pas besoin. Je vous écoute.

— J'ai manqué... J'ai dit... Moi, je ne sais pas comment ça s'appelle, ce que j'ai fait.

— Vous faites la branche morte, en ce moment. Vous savez ce qu'on leur fait, aux branches mortes ?

— Oui.

— Qu'est-ce qu'on leur fait ?

— On les coupe.

— Et quand on les a coupées, qu'est-ce qu'on en fait ?

— On les brûle.

205

— Oui, je vous écoute.

— J'ai, j'ai essayé d'induire au mal...

— Ne laissez pas vos phrases en suspens, si ça ne vous fait rien.

— J'ai voulu entraîner un prêtre à enfreindre ses vœux, j'ai voulu enfreindre moi-même le neuvième, et aussi le dixième commandement.

— Voilà, dit Morin. Ce n'est peut-être pas tout à fait votre faute. Demain, vous verrez Danièle. Tâchez que votre visite lui fasse un peu de bien. Vous vous ferez du bien mutuellement.

« Comme pénitence, vous lirez chaque soir, à genoux, une page du livre dont vous avez si bien écouté le commentaire. Et maintenant, allez tout à fait en paix.

J'allai, presque en paix.

Le soir, France, qui jouait dans la cour avec Amanda, remonta, pourpre d'indignation, me dire :

— Amanda, elle est méchante.

Sans la laisser achever, je la fessai rudement, en l'appelant rapporteuse, moucharde.

« Hélas, me dis-je, tandis qu'elle pleurait dans un coin, tu es une mauvaise mère. Avoue que si tu frappes ton enfant avec tant de rigueur, c'est faute de faire l'amour. »

Danièle était couchée à plat dos, le visage légèrement fardé, les yeux brillants. Un ruban de velours bleu roi retenait ses cheveux devenus très longs. Elle portait une chemise de nuit qu'on eût dite de mariée, tout ornée de dentelles et à minuscules boutons de nacre.

Quand je fus à son chevet, sans se redresser elle tendit les bras avec grâce. « Il faut donc que j'embrasse la phtisie », pensai-je, le cœur défaillant. Je soulevai Danièle, la serrai dans mes bras ; je baisai avec zèle son visage moite. Les commissures de nos lèvres se rencontrèrent, il me sembla avaler quelques gouttelettes de sa salive. « Ironie de Dieu ! me dis-je. Les embrassements que tout ton être appelle te sont interdits et te voici étreignant, à ton corps défendant, l'effrayante tuberculeuse. »

— Nous, ici, on n'arrive plus à s'intéresser aux gens d'en bas, dit Danièle. Leurs soucis nous paraissent tout petits.

Elle jeta les yeux vers la baie découpant un grandiose paysage de prairies, de forêts et de sommets.

— Je suis heureuse, ici, dit-elle. Bien mieux qu'en bas.

L'idée de la mort ne semblait pas l'effleurer.

— Je m'en vais aller prêcher l'Évangile aux nations de la terre, dit Morin, assis sur le billot et jouant avec la hachette. Ou plutôt aux communes du département.

— Comment ça ? demandai-je.

— Je quitte Saint-Bernard pour un petit patelin, mais comme il n'y a pas de curé non plus dans les autres villages de la région, j'irai en tournée. On sera deux, et il y aura deux jeunes filles pour nous aider, dans un autre village. Ça s'appelle une mission. Maintenant, la France est devenue un pays de missions. Ce n'est pas que ça m'enchante d'aller là-bas.

— Pourquoi est-ce que ça ne vous enchante pas ? demandai-je d'une voix aussi sereine que celle de Morin, en pensant : parfaite disparition, mon Dieu. Parfaites sont tes manœuvres, Dieu des armées. Le désert restera beau, même sans oasis. Que Morin lui-même eût, ou non, pris l'initiative de ce départ, ne changeait rien à sa nature : il était durement providentiel.

— À la campagne, avant de parler de choses sérieuses, dit Morin, il faut toujours commencer par parler de lapins et de cochons. Et puis, j'aime la vie de paroisse quand ça tourne rond, et, là-bas, ça ne va sûrement pas tourner rond, les villages sont divisés par des questions politiques.

« D'un côté, ce qu'il y a de pas mal, c'est que les gens sont sans prêtre depuis je ne sais combien de temps, ils sont complètement déchristianisés. Alors il n'y a pas de déviations, c'est presque du terrain neuf. Mais il faudra des générations avant d'arriver à quelque chose.

En reconduisant Morin, je surpris dans le vestibule France, qui s'était relevée et, sans doute, écoutait à la porte. Avec ses cheveux coupés à la garçonne à cause des poux de l'école et ses yeux comme des vers luisants, dans son pyjama trop petit et d'un rose passé, pieds nus sur le carrelage, elle semblait un gamin au charme équivoque.

— J'ai peur pour tes pommes, dit Morin. Je crois bien qu'elles vont avoir des ennuis.

— Ça fait rien, répondit France, du moment que je sais ce que vous dites.

— Qu'est-ce que tu veux donc tant savoir? demanda Morin en la prenant dans ses bras, et revenant l'asseoir sur le bord de la fenêtre par où était entrée la chanson :

Simone, ma Simone.

— Qu'est-ce que le bon Dieu faisait avant de faire le monde? questionna France. Il ne faisait rien?

— Non.

— Il s'embêtait, alors?

— Je ne sais pas. Oui, peut-être. Il a fait le monde par amour.

— Pourquoi vous lui demandez pas ce qu'Il faisait avant?

— Ces choses-là, on ne peut pas les savoir.

209

— Même pas vous ? s'étonna la petite fille.

— Pas plus qu'un autre.

— On ne le saura jamais ?

— Quand on sera morts, on le saura.

— Ce que je voudrais être morte ! s'écria France avec une joyeuse impatience.

— En attendant d'être morte, tu vas te renfiler au lit. Et si tu te relèves encore, ou si tu fais une autre sottise, c'est moi qui viendrai te tirer les oreilles, tu verras ça.

Portant France sur l'épaule, Morin, pour la première fois, entra dans la chambre. Il coucha la petite fille et, se penchant, la borda avec application.

— Je voudrais une prière qui existe pas, dit-elle.

— Une prière qui n'existe pas ?

— Oui, une prière qu'on sait pas, pour pas tout le temps dire à Dieu la même chose. C'est pas gentil.

— On va faire ça pour toi, acquiesça Morin.

Il s'agenouilla sur le plancher, contre le lit, et récita doucement :

L'agneau cherche l'amère bruyère,
C'est le sel et non le sucre qu'il préfère,
Son pas fait le bruit d'une averse sur la poussière.
Quand il veut un but, rien ne l'arrête,
Brusque, il fonce avec de grands coups de sa tête,
Puis il bêle vers sa mère accourue inquiète...
Agneau de Dieu, qui sauves les hommes,

210

Agneau de Dieu, qui nous comptes et nous nommes,
Agneau de Dieu, vois, prends pitié de ce que nous
[sommes.

France s'était endormie. « Admirable est l'ironie de Dieu, pensai-je. J'ai passionnément désiré que cet homme vînt dans cette chambre. L'y voici, non parjure et complice comme je le voulais, mais beau de piété, endormant mon enfant, son ouaille, aux sons d'un poème. Dieu, merci de l'aimer mieux que je ne l'aime, de faire plus que je ne vous ai demandé. Merci pour votre solitude. »

Le bureau rentrait à Paris et j'allais quitter la ville à peu près en même temps que Morin. Il m'avait annoncé qu'il viendrait me dire adieu, mais les jours passaient et je me demandais, avec une angoisse mêlée d'acceptation, s'il n'était pas déjà parti. J'aurais pu sortir le soir, France étant en colonie de vacances, mais je ne voulais pas aller de moi-même à la cure de Saint-Bernard.

— L'abbé s'en va demain, me dit Christine. Il demande si vous pouvez passer le voir ce soir, il n'a pas eu le temps d'aller chez vous.

La porte battait, la cheville de bois frappait, comme un doigt, la planchette perforée, où toutes les adresses étaient effacées. Le petit rectangle de carton portant l'inscription : « *Léon Morin, prêtre* », avait disparu. Je sonnai. Personne ne vint. J'entendis des coups de marteau et entrai en hésitant. Le courant d'air faisait se gonfler les rideaux de vitrage. Les livres étaient entassés dans des caisses. Sur le blanc des murs se détachaient des rectangles plus blancs, à la place des affiches enlevées, et une grande croix blanche sur fond blanc, là où pendait le crucifix. Les coups de marteau cessèrent. Morin sortit de sa chambre, l'air allégrement surmené.

— Bonsoir, dit-il. On largue les amarres.

Sur son bureau s'étalaient un réchaud, de la vaisselle de camping et une petite trousse de couture. Ses pieds étaient nus dans des sandales identiques aux miennes. Il remarqua mon regard et expliqua en souriant :

— Je n'ai plus de chaussettes.

Je lui proposai de l'aider à finir ses emballages.

— Merci, ça y est, tout est là, dit-il en montrant les caisses de livres. Il ne reste plus que le sac de dos à boucler, demain matin.

— Le piano est déjà là-bas ?

— Il était loué, on est venu le reprendre. Je n'aurai plus le temps de jouer.

— C'est triste.

— Non, je ferai des trous dans un roseau !

— Je vais m'en aller. Merci pour tout.

— Vous n'avez pas de questions à me poser, pour le dernier soir ? demanda-t-il d'un ton d'homme pratique.

212

— J'en aurais pour toute la vie, alors il vaut mieux que je me taise.

— Essuyez la chaise avec ce chiffon. Asseyez-vous. Et maintenant, quelle est la chanson du jour ?

— Rien, c'est un point de détail, mais je ne comprends pas pourquoi, puisque vous dites que les jansénistes étaient des hérétiques... Et le miracle de la Sainte Épine, alors ?

— Pourquoi est-ce que le bon Dieu ne ferait pas des miracles pour les hérétiques ? Vous croyez qu'il les aime moins que les autres ?

— Moi, c'est sous votre influence que j'en étais arrivée à m'imaginer que Dieu était catholique.

— Appelons-le catholique dans notre langage temporel, mais ça ne l'empêche pas d'être bien autre chose encore. Vous savez bien ce que Notre-Seigneur a dit : « Il y a des demeures nombreuses dans la maison de mon Père. »

— Des demeures contradictoires ?

— Peut-être. Les contradictions sont surtout dans notre esprit, Monseigneur Taupe.

Les qualificatifs apparemment saugrenus dont Morin m'affublait m'allaient à la perfection : je me sentais aveugle sous la terre, ensevelie vivante, mais fouissant vigoureusement.

Je me levai en disant :

— Cette fois-ci, je m'en vais pour de bon.

— Eh bien, au revoir.

— Au revoir, c'est une manière de parler.

— Si, on se reverra. Pas dans ce monde. Dans l'autre.

Jamais la gaieté de Léon Morin ne m'avait paru aussi vive.

— Attention de ne pas vous cogner dans une caisse, dit-il en me reconduisant.

Et il partit d'un rire dur comme un coup.

— Dieu vous garde, dit-il sur le palier.

Je serrai la rampe, pliai le jarret, et me trouvai dans la rue pareille à une tranchée. J'eus peine à la reconnaître. Je ne parvenais pas à marcher droit, je titubais. Ni en ce monde, ni dans l'autre. Comment l'âme pourrait-elle se distraire de la vision béatifique pour regarder ses affections humaines ? Au bien suprême et total, rien ne peut s'ajouter. Morin m'avait dit qu'un catholique n'est tenu de croire qu'aux points énoncés par le symbole des apôtres. Pas une parole, dans cette prière, ne promettait que la vie éternelle réunirait ceux qui s'étaient connus. Même si cette réunion avait lieu, seule mon âme, dépouillée de son corps, verrait l'âme de mon guide. Après la résurrection de la chair, je n'aurais plus qu'un corps glorieux, incapable à jamais de s'abîmer en un autre et de transmettre la vie. Je jouirais de l'immortalité, mais je ne pourrais plus y appeler de nouveaux êtres. La perte était irrémédiable. Je t'offre, Seigneur, ce manque privilégié, devant lequel même le ciel reste impuissant. Que ma prière ne t'apparaisse pas sacrilège. Il y a assez de sainteté au monde pour la sanctifier.

Je marchais dans la silencieuse nuit de Dieu, me hâtant, comme ces ânes arabes aux flancs desquels le maître maintient une plaie toujours saignante, pour les faire mieux avancer.

DU MÊME AUTEUR

Aux Éditions Gallimard

BARNY (1948)

UNE MORT IRRÉGULIÈRE (1950), Folio n° 1278

LÉON MORIN, PRÊTRE (1952), Folio n° 217. Prix Goncourt 1952

CONTES À L'ENFANT NÉ COIFFÉ (1953)

DES ACCOMMODEMENTS AVEC LE CIEL (1954), Folio n° 2851

LE MUET (1963)

COU COUPÉ COURT TOUJOURS (1967)

Dans la collection Folio Cadet

LA GRENOUILLE D'ENCRIER. Illustrations de Jean Claverie (n° 5)

Aux Éditions du Sagittaire

L'ÉPOUVANTE, L'ÉMERVEILLEMENT (1977)

NOLI (1978)

LA DÉCHARGE (1979). Prix du Livre Inter

Aux Éditions Grasset

DEVANCER LA NUIT (1980)

JOSÉE DITE NANCY suivi de LA MER INTÉRIEURE (1981)

DON JUAN DES FORÊTS (1983)

L'ENFANT CHAT (1984). Prix littéraire 30 Millions d'Amis

LA PRUNELLE DES YEUX (1986)

STELLA CORFOU (1988)

UN(E) (1989)

GRÂCE (1990)

RECENSEMENT (1991)

UNE LILLIPUTIENNE (1993)

VULGAIRES VIES (1994)

MOI OU AUTRES (1994)

PRÉNOMS (1996)

PLUS LOIN MAIS OÙ (1997)

CONFIDENCES DE GARGOUILLES (1998), recueillies par Valérie Marin La Meslée

LA PETITE ITALIE (2000)

GUIDÉE PAR LE SONGE (2001)

Aux Éditions Verviers

MOTS COUVERTS (1975)

Aux Éditions de l'École des loisirs

Réédition des Contes à l'enfant né coiffé *sous deux livres :*

L'ÎLE DANS UNE BASSINE D'EAU (2004) et LA GRENOUILLE D'ENCRIER (2007)

Aux Éditions du Chemin de fer

Rééditions :

L'ÉPOUVANTE, L'ÉMERVEILLEMENT (2010)

COU COUPÉ COURT TOUJOURS (2011)

STELLA CORFOU (2016)

NOLI (à paraître en juin 2017)

GIDE, SARTRE ET QUELQUES AUTRES (2012)

BÉATRIX BECK, UN GÉNIE MALICIEUX (2012)

ENTRE LE MARTEAU ET L'ENCLUME (2013)

LA DOUBLE RÉFRACTION DU SPATH D'ISLANDE (2014)

L'ENFANT QUI CHERCHAIT LA PETITE BÊTE (2016)

BRIBES (2016)

Prix littéraires

Béatrix Beck a obtenu le prix Prince Pierre-de-Monaco pour l'ensemble de son œuvre en 1989, le Grand Prix de littérature de l'Académie française en 1997 pour l'ensemble de son œuvre, le Grand Prix littéraire de France-Wallonie-Bruxelles en 1997 et le Grand Prix de la Société des Gens de Lettres en 1999.

COLLECTION FOLIO

Dernières parutions

Composition S.C.C.M.
Impresion Novoprint
à Barcelone, le 15 mars 2017
Dépôt légal : mars 2017
1er dépôt légal dans la collection : octobre 1972

ISBN 978-2-07-036217-5./ Imprimé en Espagne.

321556